용병들의 대지
Road of
Mercenaries

용병들의 대지 1

이모탈 퓨전 판타지 소설

초판 1쇄 찍은 날 § 2016년 7월 25일
초판 1쇄 펴낸 날 § 2016년 7월 29일

지은이 § 이모탈
펴낸이 § 서경석

편집책임 § 김현미

펴낸곳 § 도서출판 청어람
등록번호 § 제387-1999-000006호
등록일자 § 1999. 5. 31
어람번호 § 제1-2491호

주소 § 경기도 부천시 원미구 부일로 483번길 40 서경B/D 3F (우) 14640
전화 § 032-656-4452 팩스 § 032-656-4453
http://www.chungeoram.com
E-mail § chungeorambook@daum.net

ⓒ 이모탈, 2016

ISBN 979-11-04-90906-1 04810
ISBN 979-11-04-90905-4 (세트)

이모탈 퓨전 판타지 소설
FUSION FANTASTIC STORY

용병들의 대지
Road of Mercenaries

1

도서출판 청어람

용병들의 대지
Road of
Mercenaries

C O N T E N T S

프롤로그   7

CHAPTER 1   각성   17

CHAPTER 2   인연   73

CHAPTER 3   추적   113

CHAPTER 4   복귀   151

CHAPTER 5   신고식   193

CHAPTER 6   위기 중첩   229

CHAPTER 7   이상 현상   275

프롤로그

한 사람이 두 사람이 되고, 두 사람이 세 사람이 되고, 세 사람이 네 사람이 되었다. 사람들은 모이고 모여 혈족을 이루었고, 혈족이 모여 부족이 되었으며, 부족이 모여 왕국이 되었고, 왕국이 모여 제국이 되었다.

모이고 흩어지고, 지키고 쓰러지고, 침략하고 합병하면서 사람들은 노예가 되었고, 평민이 되었고, 귀족이 되고, 왕족이 되고, 황족이 되었다.

세상을 유지하는 절대 다수는 평민이었고 귀족과 왕족, 황족은 세상 권력의 중심이 되었다.

그들은 강력한 무력과 행정력으로 나라를 다스렸으며, 세상 사람들은 그들을 위정자, 혹은 노블이라 불렀다. 노블들은 세상의 정점에 서서 무소불위의 권력을 휘둘렀다. 하나 그러한 노블조차도 감히 침범할 수 없는 영역이 있었으니 그것은 다름 아닌 아츠 월드라는 곳이었다.

아츠 월드는 기사와 마법사, 용병들로 이루어진 또 다른 세계라 할 수 있었다. 환상처럼 실존하는 세계. 그곳은 오로지 가진 바 무력과 실력으로만 모든 것을 평가받았다.

아츠 월드에는 오롯이 기사만이 존재하는 에퀘스의 성역, 마법사만이 존재하는 바벨의 탑, 그리고 제국에 대체 얼마만큼 존재하는지 모를 정도로 모래알처럼 널린 용병들의 세계가 존재했다.

에퀘스의 성역은 일곱 개로 대지의 성역, 불의 성역, 물의 성역, 바람의 성역, 태양의 성역, 공간의 성역, 강철의 성역이 존재했으며, 그들은 각자 한 지역의 패자로서 일가를 이루며 오히려 귀족보다 더 큰 영향력을 행사했다.

또한 이런 에퀘스의 성역과는 다르게 순수한 마법사로만 이루어진 바벨탑이 있었으니 물의 바벨탑과 불의 바벨탑, 바람의 바벨탑, 그리고 대지의 바벨탑이 존재했다. 그들 또한 에퀘스의 성역과 다르지 않게 최고의 가문을 만들기 위해, 혹은 가문의 세력을 확장하기 위해 끊임없는 노력을 경주하였다.

그리고 마지막으로 제국에 모래알처럼 흩어져 있으며 한데 모이지 못한 존재, 가장 낮고 가장 천시 받는, 오로지 죽음에 이르러서만 갈 수 있다는 안식의 대지에 대한 전설만을 믿고 있는 용병들이 존재했다.

그리하여 하나의 제국에 두 개의 세계가 존재하게 되었다.

노블과 아츠 월드.

두 세계는 때로는 협력하고 때로는 척을 지며 제국을 유지하고 발전시키는 데 없어서는 안 될 존재가 되어가고 있었다.

*   *   *

"크허억!"

한 명의 사내가 검붉은 핏물을 흩날리며 튕겨 나갔다.

쿠드득!

"쿨럭!"

서너 개의 두꺼운 나무를 부러뜨리고 흙먼지를 일으키며 마지막으로 나무둥치에 부딪쳐 한 움큼의 선혈을 토해내는 사내였다. 토해낸 선혈에는 조각난 내장 부스러기까지 섞여 있어 심각한 부상을 입었음을 내포하고 있다.

사내는 나무둥치에 기대 뻥 뚫린 복부에서 흘러나오는 내장을 꾸역꾸역 집어넣으며 억지로 몸을 일으켜 세우려 했다.

그런 사내의 머리 위로 그림자가 드리웠다. 그에 사내는 억지로 일으키려던 몸을 멈추고 그림자의 주인공을 바라보았다.

부상을 입은 사내의 눈이 파르르 떨리고 얼굴이 창백하게 변하며 경직되었다.

사내의 눈앞에 있는 자, 그자의 얼굴이 부상을 입은 사내와 똑같았다. 하지만 미묘하게 풍기는 분위기에서 차이가 났다.

심각한 부상을 입은 사내의 표정은 당혹스러워하고 의문에 가득 차 있음이 분명했다.

"너, 너는……?"

"바로 너지."

"어떻게……?"

거울을 보는 것같이 똑같이 생긴 두 사내, 일란성 쌍둥이보다 더욱 똑 닮은 두 사내였다. 그림자의 사내가 부상을 입은 사내를 보며 진득한 미소를 떠올리며 입술을 일그러뜨렸다.

이어 그림자의 사내는 어깨를 으쓱이며 별거 아니라는 듯 입을 열어 친절하게 답을 해줬다.

"이 우주에는 수없이 많은 차원이 있지. 점인 1차원, 선인 2차원, 공간을 담은 3차원, 시공간을 담은 4차원, 그리고 서로 다른 세계이면서도 같은 세계인 평행 차원……."

"……?"

밑도 끝도 없이 차원을 설명하는 자신과 똑같은 사내를 보며 부상을 입은 사내는 이해할 수 없다는 표정을 지었다.

"그중에는 서로 절대 가까이 할 수 없는 평행 차원이 수없이 많아. 그리고 그 평행 차원 속에는 언제나 또 다른 내가 존재하지. 그런데 여기서 재미있는 점은 말이야, 그 평행 차원, 혹은 다른 차원 속에 살아가는 나를 완벽하게 흡수하면 여러 곳에 흩어진 힘을 하나로 모을 수 있다는 것이지."

"히… 임?"

차가운 시선으로 죽어가는 사내를 보며 그림자의 사내는 팔을 굽혀 손바닥이 하늘을 보도록 뒤집었다.

빠지지직!

그의 손에 무언가 모이는 것이 느껴졌다. 그리고 푸른색의 구체가 만들어지며 밤을 환히 밝히는 듯했다. 죽어가는 사내는 도저히 믿을 수 없다는 듯 눈을 크게 떴다.

그러다 푸른 구체를 소환한 사내의 왼손이 죽어가는 사내를 향해 쭈욱 뻗었다.

"너는 나야. 그래서 나에게 힘이 되어주면 돼. 죽어도 죽은 게 아니라는 것이지."

"크으으, 끄아아악!"

그에 죽어가는 사내의 정수리로부터 연기와 같은 것이 나와 마치 빨려 들어가듯 그림자 사내의 왼손으로 향했다. 그와 함께 죽어가는 사내의 온몸이 부들부들 떨리며 격렬하게 뒤틀리기 시작했다.

그러면서 사내는 마치 미라처럼 변해가기 시작했고, 이내 피부와 뼈까지 수축되어 마침내 바늘 끝과 같은 한 점이 되어 사라져 버렸다. 완벽하게 사라졌다. 그가 흘린 피조차 남아 있지 않았다.

쓰러진 사내는 사라졌고, 연기와 같은 하얀 무언가를 빨아들인 사내의 전신에 흰색의 휘광이 퍼져가며 손을 축 늘어뜨린 채로 눈을 까뒤집으며 고개를 쳐들었다.

그의 신형이 스르르 떠올랐다.

"흐으~ 흐하아아~"

마치 마약을 한 사람처럼 기이한 탄성을 흘리는 사내였다. 그러는 동안 사내의 전신에서 뿜어지던 백색의 휘광이 점점 사그라졌고, 마침내 사내의 신형이 다시 대지에 닿았다.

"후우우~"

길게 한숨을 내쉰 사내는 만족한 듯 손을 들어 보였다.

"크크큭! 얼마 안 남았군."

의미심장하게 웃으며 어두운 하늘을 바라보는 사내. 그러다 문득 다시 고개를 내린 사내의 얼굴이 섬뜩하리만치 날카롭게 변해 있었다.

"디멘션 게이트 오픈!"

스스슷!

그의 외침에 어두운 공간이 일렁이면서 검푸른 일그러짐이 모습을 드러냈다.

사내는 지체 없이 그 일그러진 공간으로 발걸음을 옮겼다. 일그러진 공간 속으로 사내가 사라졌고, 사내가 사라지자마자 아무 일도 없었다는 듯 깨끗하게 본래의 모습을 회복하는 어두운 공간이었다.

CHAPTER 1

각성

　"크큭, 크크크큭! 쿨럭!"

　혼자 미친 듯이 웃던 그는 급기야 한 움큼의 핏물을 게워냈다. 점점 희미해지는 의식 사이로 그의 앞에 다가오는 한 인영이 보였다. 기이하게도 그와 똑같이 생긴 사내였다.

　그의 앞에 선 사내는 죽어가는 그의 머리 위에 손을 올렸다.

　그의 머리 위에 딱 달라붙어 있는 손바닥으로 자신의 모든 것이 빠져나가는 것 같은 느낌이 들었다.

　'사, 살고 싶다. 나는 살고 싶단 말이다. 살고 싶어.'

어느새 그의 손에는 한 사람을 충분히 죽일 수 있는 소형 단검이 들려 있었다.

이해 못 할 일도 아니었다.

이곳은 치열한 전투가 벌어지던 전장의 한가운데였으니 말이다.

"나아……."

"뭐?"

잘 안 들리는 모양이다. 그에 죽음의 그림자가 내려앉은 사내는 더욱더 필사적으로 입을 열었다.

"사아알고오오……."

"뭐라고?"

그의 머리 위에 손을 올리고 있던 이는 인상을 찌푸리며 그에게 귀를 가져다 대었다. 평소라면 절대 있을 수 없는 일이었다. 그런데 오늘은 달랐다. 약간의 자비심이랄까?

'한 번쯤은…….'

그렇게 생각했다. 이미 그는 회생 불능이다. 생명력이 꺼져 가는 것이 눈에 보일 정도이다. 비릿한 미소를 떠올리며 죽어가는 사내의 머리채를 잡고 귀를 가까이 대었다.

"사알고오… 싶다고오오, 이 새끼야아아아~!!"

그때였다.

미라처럼 마르며 죽어가는 사내의 손이 번개처럼 휘둘러졌다. 어디서 그런 힘이 생겨났을까?

죽어가던 사람이라고는 상상조차 할 수 없을 정도로 강력한 일격이었다. 그의 일격이 방심하고 있던 사내의 정수리를 아주 정확하게 내려쳤다.

퍼어억!

순간 머리채를 잡고 있던 사내의 정수리에서부터 진득한 핏물이 흘러내렸다.

주륵!

머리를 지나고 이마를 지나 미친 듯이 깜빡이는 눈꺼풀까지 다다른 핏물이 바르르 떨렸다.

"살고 싶다고, 이 개새끼야~"

지금까지와는 다르게 명확하게 전달되는 목소리.

죽어가던 사내는 그의 정수리에 박힌 소형 단검을 빼 들고 다시 정수리를 찔러갔다.

콰직!

두 번, 세 번.

연속으로 공격이 성공했다.

하나.

턱!

네 번째에 막혔다. 보통의 사람이라면 이미 죽어 싸늘한 시체가 되었어야 할 치명상을 입고도 살아남아 소형 단검을 내려치는 그의 손을 굳게 잡아챘다. 하지만 단검을 쥔 사내는 이대로 끝낼 수 없다는 듯 득달같이 달려들었다.

와드득!

이빨로 목을 물어뜯었다. 최후의 일격.

도저히 상대조차 되지 않는 상대에게 치명타를 먹였다.

소형 단검을 쥔 그의 손목을 잡고 있던 사내의 손이 스르르 풀렸다.

"끄으, 끄르륵!"

목을 물어뜯은 그의 입에서 가래가 끓는 듯한 소리가 새어 나왔다.

하지만 그는 결코 입을 떼지 않았다. 마치 쏟아지는 핏물을 모두 마셔 버리겠다는 듯 독한 눈빛을 쏘아내면서 말이다.

사내는 짐승처럼 흔들어댔다.

"즈에… 기……."

뚜둑!

사내의 전신이 가늘게 떨리며 서서히 힘이 빠지기 시작했다. 완전히 손목이 풀려났음을 느낀 그는 다시 소형 단검으로 죽어가는 사내의 가슴을 찔러댔다.

퍼억! 픽! 퍼억!

사내의 한 번씩 가슴을 찍을 때마다 풀썩이며 진저리를 쳤다. 소형 단검을 든 사내는 허무하게 죽어가는 사내를 보며 킬킬거렸다.

"쿨럭! 염병할… 새끼. 힘도 없구만. 후욱!"

사내가 죽었다는 것을 깨달은 것일까, 아니면 힘이 다했을까? 내려치는 행위를 멈춘 사내가 하늘을 바라보며 거친 숨소리를 내뱉었다. 그의 상태는 그야말로 엉망진창이었다.

손은 시뻘겋다 못해 검은색을 띠고 있고, 그의 복부에선 창자와 핏물이 꾸역꾸역 밀려나오고 있었다.

그는 고개를 살짝 들어 자신의 구멍 난 배를 무심히 바라보더니 다시 어둠이 가득한 하늘을 향해 머리를 떨어뜨렸다.

"35년이라……. 잘 산 건가?"

그의 눈이 서서히 감겼다. 들려 있던 그의 손이 죽은 사내의 손등 위로 힘없이 떨어졌다.

툭!

그 위로 물 한 방울이 떨어져 내렸고, 이내 그 수를 늘리더니 적막함을 달래기 위해서인지 아니면 슬퍼함인지 세상을 빗속으로 잠겨들게 했다. 그 빗속에서 두 사내는 나란히 죽음을 맞이하는 듯했다.

쏴아아!!

비가 더욱 거세지기 시작했다. 마치 하늘에 구멍이 뚫린 것처럼 손가락 굵기만 한 빗방울이 한 치 앞도 확인할 수 없을 정도로 쏟아졌으며, 처절하던 전장의 상처를 모두 씻어 내리고 있었다.

쿠르르르! 콰콰가강!

급기야는 천둥이 치고 번개가 내리치면서 어둠 속을 대낮처럼 환하게 밝히기도 했다.

그 지독한 장대비 속에서 머리가 꿰뚫리고 심장이 박살 난 자의 싸늘한 시체에서 기이한 현상이 일어났다.

붉은색, 녹색, 푸른색, 검은색, 노란색, 흰색, 그리고 공간을 일그러뜨리는 투명한 막의 일곱 가지 색상이 한데 어울리다 다시 각각의 색으로 둥근 구슬을 형성하기 시작했다.

일곱 개의 구슬은 죽은 사내의 주변을 맴돌다 하늘 높이 치솟아 올랐다.

아니, 일곱 개의 구슬 모두가 치솟아 오른 것이 아니었다. 붉은색과 흰색, 그리고 공간을 일그러뜨리는 투명하고 둥근 구슬은 솟아오르지 않고 마치 떠나기 싫다는 듯 여전히 죽은 자의 주변을 맴돌고 있었다.

이 세 개의 구슬을 제외한 나머지 네 개의 구슬은 마치 튕겨 나가듯이 사방으로 흩어지며 치솟아 올랐다.

일곱 개의 구슬이 솟아난 시체는 마치 자신의 임무를 다했다는 듯 서서히 대지에 흡수되듯 스며들었고, 하늘 높이 솟아오르지 않고 남아 있던 세 개의 구슬은 망설이듯 일렁이다 복부가 뻥 뚫려 푸르스름하게 죽어가는 시체에 스며들었다.

그에 장대 같은 폭우 속에 붉고 흰 광망이 교차로 생성되며 빛을 뿜어내기 시작했다.

그와 동시에 하늘 높이 치솟아 오른 녹색, 푸른색, 검은색, 노란색의 구슬은 서로를 배척하듯이 거세게 밀어내며 사방으로 퍼져 나가 마치 유성처럼 긴 잔상을 남기며 장대비를 뚫고 어둠 속으로 사라졌다.

꽈르르릉! 콰콰카강! 버버번쩍.

사라진 네 개의 구슬이 향한 곳으로 각자의 색을 의미하는 기이한 번개의 다발이 내리쳤다.

북으로는 검푸른 번개가, 남으로는 녹색이, 동으로는 푸른색의 번개가 내리쳤고, 서쪽으로는 샛노란 번개가 내리쳤다.

누군가 보았다면 있을 수 없는 일이라 외쳤겠으나 다행히도 지금 시체가 널린 이 평원에서는 살아 있는 사람을 단 한 명도 찾아볼 수 없었다. 네 개의 구슬이 사라지고도 평원에는 여전히 차가운 장대비가 쏟아져 내렸다.

무거운 빗소리와 어둠만이 내려앉은 대지에 다시 한 번 빛들이 터져 나와 어둠을 물리치고 있었다. 바로 복부가 꿰뚫린 시체에서 흘러나온 빛으로 붉고 하얀빛이 전신을 물들이기를 수차례 반복했고, 뻥 뚫린 복부가 스스로 회복되며 파리하게 죽었던 얼굴색이 느릿하게 그 혈색을 되찾기 시작했다.

츠츠즛!

기이한 소음이 흘러나오면서 공간을 일그러뜨리며 투명한 막과 같은 것이 시체의 정수리에서 생성되었다.

그 막은 타원형으로 시체의 전신을 감싸더니 대지를 뚫을 듯 쏟아지는 장대비를 튕겨내기 시작했다.

투두두둑!

쏴아아아!

하나 장대비는 계속되었다. 마치 전장의 모든 피를 씻어 내려는 듯이 말이다.

몇날 며칠 동안 계속된 장대비가 그쳤다. 세상은 다시 평온을 되찾았고, 세상의 모든 것을 씻어낸 듯 싱그러운 푸름을 드러내었다.

꿈틀!

질퍽한 시체 속에서 꿈틀거림이 있었다.

"크흑! 쿨럭!"

사내가 기침을 토해냈다.

"후우우~"

그리고 길게 한숨을 내쉰 그의 감겨 있던 눈이 서서히 떠지기 시작했다. 그는 눈을 뜨고도 아무런 행동도 취하지 않고 그저 하늘을 바라볼 뿐이었다.

"살아… 있는 건가? 끄으응!"

앓는 소리를 내며 자리에서 일어난 그는 몸을 일으켜 세우다 문득 자신의 몸을 내려다보곤 눈을 크게 떴다.

"뭐지?"

알 수 없는 일이다. 분명 자신은 회생 불능의 상처를 입었었다. 복부가 뻥 뚫려 내장이 흘러나오고 24개에 달하는 갈비뼈 중 멀쩡한 것이 하나도 없을 정도였다.

열두 살에 용병을 시작해 23년 동안 이어왔다. 그동안 상처 하나 입지 않았다면 그것은 용병질을 제대로 못했다는 것을 의미하는 것이기도 하다. 하지만 그렇다고 해도 자신은 여전히 마나를 각성하지 못한 유저급 용병 중 러너일 뿐이었다.

그냥 3년 이상 된 용병에게 주는 비웃음 가득한 호칭인 러너 말이다. 그렇게 23년을 살아왔다. 그 와중에 손가락 두 개도 잃었다. 그런데 뻥 뚫렸던 복부는 둘째 치고 잘려 나갔던 손가락마저 새로 생겨 있었다.

'그러고 보니……'

몸이 이상했다.

외부의 변화도 놀라웠지만 더욱 놀라운 것은 자신의 내부에서 느껴지는 이 이질적인 기운이었다.

'이건 분명……'

그는 23년간 무수히 많은 용병을 만났고, 서적으로는 접할 수 없는 귀중한 경험을 했다. 그리고 지금 자신의 내부에서 일어나고 있는 현상에 대해서도 어렴풋이 들은 적이 있고 또한 직접 본 적도 있다.

그는 이곳이 전장인지 아닌지는 관심 없었다.

'마나! 이건 분명 마나다!'

그랬다. 35년의 삶 동안 그렇게도 원하던 마나가 느껴지고 있었다.

전신에 충만한 이 느낌은 마나가 분명했다.

마나가 전신을 휘감고 돌았다. 그것은 쾌감이었다.

단 한 번도 경험한 적 없는 쾌감이었다. 그는 주변을 둘러보다 죽은 기사 옆에 버려진 잘 단련된 검을 집어 들었다. 손으로 전해지는 감각이 나쁘지 않았다.

"크으윽!"

그런데 그때 갑자기 머리가 깨질 것 같은 지독한 고통이 찾아왔다.

그는 전신을 벌벌 떨면서 두 손으로 머리를 감싸고 그대로 질척한 땅바닥에 머리를 처박으며 몸부림을 치기 시작했다.

"끄아아아악!"

목청이 터져라 고래고래 소리를 질러도 머리가 깨질 것 같은 고통은 사그라들지 않았다. 그리고 이내 사내는 흰자위를 보이며 거품을 물고 전신을 가늘게 떨었다.

           *   *   *

그는 그 순간 자신의 깊고 깊은 무의식의 세계로 빠져 들어가고 있었다. 얼마나 깊이 들어갔는지는 모르겠다. 다만, 어느 순간 그의 눈앞에는 알 수 없는 자가 확대되듯이 투영되고 있을 뿐이었다.

'저… 저자는!'

그의 의식 깊은 곳에서 자신과 똑같은 모습을 한 자가 미친 듯이 폭풍을 일으키며 난동을 부리고 있었다. 난동을 부리는 사내의 주변으로는 끊임없이 환경이 변하고 있었다.

때로는 거대한 산맥이 나타났고, 때로는 바다가, 때로는 울창한 숲이, 때로는 눈바람이 몰아치는 광활한 평원이 나타나기도 했다.

하나 그 모든 것은 사내에게 아무런 소용이 없었다. 주먹질 한 번에 산이 무너졌고, 발길질 한 번에 바다가 갈라졌으며, 분노한 외침에 공간이 일그러졌다.

사내는 끊임없이 손과 발, 그리고 이 세상에서 볼 수 있는 모든 무기를 소환하며 공간을 부수었다.

그러다 문득 아무도 없던 황량한 공간에 자신 말고 또 다른 존재가 있는 것을 눈치채고는 그를 향해 맹렬하게 분노를 터뜨렸다.

"네놈! 네놈이었구나! 우주에서 가장 강한 존재가 되겠다고 나를 속인 놈이! 죽어라!"

쫘르르릉!

"어디냐? 숨지 말고 나서라!"

사내의 눈에 핏발이 서 있으며 그의 분노는 전혀 가라앉지 않고 있었다. 여전히 공간은 변하고 있고, 나타나는 모든 공간을 부수고 있었다.

"네놈!"

파아앙!

공간을 가르고 사내의 주먹이 얼이 빠져 제대로 대항조차 하지 못하고 있는 그를 향해 쇄도했다.

우뚝!

사내의 갑작스러운 공격에 그는 무엇을 어떻게 해볼 도리도 없이 그저 선 채로 눈을 질끈 감았다. 하나 그의 눈 바로 앞에서 미친 듯이 공간을 부수던 사내의 주먹이 멈췄다. 그리고 조용하게 입을 열었다.

"네놈은 그놈이 아니로군."

그에 질끈 감았던 눈을 슬며시 떴다. 그의 눈앞에는 수백, 수천 번은 고련했을 굴강한 모습의 정권이 확대되어 있었다.

스르륵!

"네놈도 당한 것이냐?"

"무엇을?"

"만나지 못했나? 전 차원을 이동하며 평행 차원 속에서 살아가는 또 다른 자신을 죽여 그 힘을 흡수해 신의 반열에 들고자 하는 미친놈을 말이다."

"만… 났소."

"그래? 그럼 죽은 게로군."

"죽지는 않았소."

그에 눈을 크게 뜨는 사내. 그의 얼굴이 짧은 시간에 수십 번을 변했다. 그러다 앓는 소리를 내며 그 자리에 털썩 주저앉았다.

"자네가 주인인 게로군."

"주인? 무슨……."

"그자를 죽였다면 그자가 지금까지 흡수한 힘을 그대가 흡수했다는 것을 의미하니 그대가 주인인 것이지."

"그게 무슨……."

아직도 상황을 파악하지 못하는 그를 보던 사내가 나직하게 한숨을 내쉬며 입을 열었다.

"이야기가 길어질지 모르니 앉아."

"아! 뭐……."

그에 마치 거대한 골렘을 보는 듯한 사내의 옆에 슬그머니 엉덩이를 붙이고 앉았다.

"나는 901차원 타이탄 행성의 옵티머스인 고르곤 가이잘라스라고 한다."

"나는… 제이니스 제국의 유저급 용병 아론이오."

"유저급?"

아론의 전신을 훑어본 고르곤이 다시 입을 열었다.

"마나를 다루지 못하는 것인가?"

고르곤의 질문에 침중한 표정을 해 보이며 아론이 답을 했다.

"그렇소."

"그자가 방심했나 보군."

마치 전후 사정을 한눈에 꿰고 있다는 듯이 말했다. 그리고 고르곤의 전신에서 가느다란 실과 같은 것이 아론의 머리 위로 스멀스멀 다가와 흡수되었다.

"흐음, 그렇게 된 것이로군. 어쨌든 내 복수를 또 다른 내가 해준 것이군."

허탈하다는 듯이 혼잣말을 하는 고르곤.

아론은 지금 한껏 위축되어 있었다. 마치 오거 앞의 고블린처럼 어떤 행동도, 어떤 말도, 어떤 생각도 떠오르지 않았다. 그저 납작 엎드려 있을 뿐이다.

"긴장하지 않아도 된다. 나는 너다. 네가 살고 있는 세상과는 전혀 다른 901차원의 나지. 다른 차원에 살고 있는 내가 이렇게도 나약한 모습이라는 것이 한심스럽기 그지없지만 어쨌든 너는 나의 복수를 해줬고, 살아남았으며, 육체를 가지고 있으니 네가 진정한 강자이다."

"그런… 가?"

아론은 상대가 자신을 해칠 의사가 없어 보이는 것에 안심하며 은근슬쩍 말을 놓았다.

고르곤은 그런 그의 모습이 그나마 사내답다고 여겼는지 부드러운 미소를 지어 보였다. 자신이 살던 차원에도 용병이라는 것이 있었다. 그리고 자신을 앞에 두고 이렇게 빠르게 얼굴색과 태도를 바꾸는 자는 없었다. 그것이 마음에 들었다.

적어도 강자 앞에 약세를 보이거나 꼬리를 마는 그런 비겁한 자는 아니라는 것이니 말이다.

"그래, 역시 그래야지. 그 정도의 강단도 없이 어찌 그 간악한 놈을 죽일 수 있었을까? 하지만 나에게는 이제 시간이 별로 없군."

"무슨……."

"그냥 들어. 이제부터 나의 힘을 너에게 전해주겠다. 나의 힘은 불멸이다. 어떤 상황에서도 무너지지 않고 사라지지 않는 생명의 힘, 그리고 그 속에서 탄생한 절대의 무력을 너에게 주겠다."

"그… 크크, 허어억!"

순간 답답한 비명이 아론의 입술을 뚫고 흘러나왔다.

아론은 분명 이것은 허상이고 꿈이라고 생각했다. 하지만 지금 느껴지는 이 지독한 고통은 허상이라 할 수 없었다. 실제의 고통이었다.

하지만 그 고통은 오래가지 않았다. 짧은 시간 전달되어 왔고, 고르곤의 경험과 지식이 홍수처럼 밀려들어 오기 시작했다. 수십 년, 혹은 수백 년, 아니, 수천 년의 모든 것이 아론에게로 각인되고 있었다.

"흐어어어~"

아론은 자신도 모르게 긴 한숨을 토해내었다. 하지만 아론에게 자신의 모든 것을 전해주는 고르곤은 점점 말라가고 신장마저 줄어들고 있었다. 탱탱하던 그의 피부는 가뭄이 든 것처럼 쩍쩍 갈라졌고, 붉은 머리카락은 회색으로 탁하게 물들어갔다.

"아마도… 또 다른 내가 더 있을 것이다. 그가… 너에게 모든 상황을 전달해 줄 것이다."

마지막 남은 힘까지 모두 넘겨준 고르곤은 먼지가 되어 사라져 갔고 아론은 그것을 아는지 모르는지 여전히 눈을 감은 채 가느다란 숨을 내쉬고 있었다.

힘을 받아들인 아론의 전신의 피부가 벗겨지고, 근육이 찢어지고, 혈관이 허공으로 튀어 오르며 뼈가 제멋대로 뒤틀리기 시작했다. 뒤틀리던 뼈는 이내 다시 조립되듯 맞춰져 하나의 신체를 이루어가고 있었다.

한 번, 두 번, 세 번.

무려 열 번의 분해와 조립, 그리고 재생이 계속되었다.

스흐흐흐~

기괴한 소리가 처음과 달리 평온한 모습을 하고 있는 아론의 전신에서 일어났다.

번쩍.

그리고 마침내 아론의 눈이 떠졌다. 그는 빠르게 일어나 경계하는 자세로 주변을 훑어보았다.

"후우~"

그러고는 가볍게 한숨을 내쉬곤 그 자리에 털썩 주저앉았다.

"901차원의 나라니……."

말도 안 되는 꿈을 꾼 것 같았다. 하지만 지금 자신의 가슴을 내려다본 아론은 그것이 꿈이 아니라는 것을 실감하고 있었다. 그는 심장에 희미하게 자리 잡고 있는 피닉스의 문양을 보았다.

손을 들어 자신의 가슴을 어루만져 보았으나 아무런 느낌이 없었다. 하지만 알 수 있었다. 이 피닉스의 문양에 901차원의 자신이자 옵티머스인 고르곤 가이잘라스의 모든 것이 자리하고 있음을 말이다.

아론은 잠시 동안 그렇게 앉아 있다 그제야 주변을 살펴보았다.

시체만이 가득한 곳.

며칠간 계속된 비에 젖은 시체가 심한 악취를 풍기고 있었다. 하지만 아론은 그런 것은 전혀 개의치 않는다는 듯이 죽어서 퉁퉁 불어터지고 악취가 심한 죽은 기사의 몸을 뒤적거렸다. 뭔가 쓸 만한 것이 있나 찾아보려는 것이다.

'부피가 큰 것은 제외시키고……'

돈이 들어 있는 금화 주머니와 빗속에 문드러진 살 속에 박혀 있는 반지와 목걸이 등 챙길 수 있는 것은 모두 챙겼다. 그리고 주변에 있는 다른 시체로 눈을 돌렸다. 그런 그의 행동은 한참 동안 지속되었다.

툭!

그러다 지쳤는지 아론은 무신경하게 한 시체를 툭 치고 일어났다.

그는 허리를 펴고 일어서며 긴 대검을 등에 차고 몇 개의 손도끼와 단검을 주렁주렁 매달았다. 그리고 빠르게 이동했다.

그렇게 이동하면서 그는 연신 시체를 뒤졌고, 무언가를 주섬주섬 챙겼다.

빠르게 이동한다고는 하지만 그런 행위 때문인지 얼추 해가 지고 어둑해질 즈음이 되어서야 전장을 벗어날 수 있었다.

전장을 벗어나자 숲에 들어설 수 있었다.

'여명 작전 시 우회하던 회색의 숲인가?'

회색의 숲, 그리고 여명 작전.

순간 두 가지의 사실이 떠오른 아론은 인상을 찌푸렸다.

여명 작전이란 드래고나스 산맥 아래로 진출한 시베리아 제국의 첨병에 대한 기습 전투이다. 하지만 기습임에도 불구하고 회색의 숲을 관통하는 것이 아닌 우회하는 작전이었다.

그것은 바로 회색의 숲을 지배하고 있는 회색 몬스터 때문이었다.

특히 회색의 숲 중심을 지배하고 있는 회색 오크과 바질리스크는 회색의 숲 자체를 난공불락의 숲으로 만들고 있었다.

관통하기보다는 우회하는 것이 오히려 더 시간이 단축된다 할 정도로 말이다.

시베리아 제국은 드래고나스 산맥 북쪽 얼어붙은 동토를 기반으로 살고 있는 30여 개의 부족을 통합한 바이큰족의 수장 윌리엄 에레스가 건국한 제국으로 호시탐탐 기름진 제이니스 제국을 노리고 있는 필생의 적이라 할 수 있었다.

그런 그들이 강성해진 힘을 무기 삼아 남하를 시작했고, 드래고나스 산맥의 최남단까지 진출해 제이니스 제국을 압박하기 시작한 것이다. 그에 북부 방면군 예하 동부군 사령관은 기습을 계획하였고, 무려 석 달이라는 긴 시간 동안 회색의 숲을 우회하여 적의 부대를 기습한 것이다.

여명 작전은 성공도 실패도 하지 않았다. 그 이유는 시베리아 제국은 더 이상의 남하를 중단했고, 제이니스 제국은 그들이 남하를 중단한 사이 숲을 중심으로 좌우로 저지선을 만들어 경계선을 구축했기 때문이다.

'특히나 회색의 숲의 중심에 위치한 바질리스크와 회색 오크는 상상을 초월한다고 했지.'

그런데 그는 지금 그 회색의 숲에 들어서고 있었다.

두려움이란 없었다. 자신에게는 이미 고르곤의 모든 힘이 흡수되고 각인된 상태였다. 거기에 자신은 23년 동안 깨닫지 못하던 마나까지 얻었다. 회색 오크든 바질리스크든 단박에 박살 낼 수 있을 힘이 전신의 근육에 꿈틀거리고 있었다.

회색의 숲을 가로지르며 그는 빠르게 힘을 각인시켰고, 또한 용병 생활의 오랜 경험으로 먹을 것과 편히 쉴 쉘터를 찾아냈다.

회색의 숲은 그리 호락호락한 곳이 아니었다.

쉘터를 찾기까지 수없이 많은 몬스터와 험하기 그지없는 숲 등의 모든 것이 그의 발걸음을 저지했다. 또한 각성한 능력을 각인하면서 이동하니 더욱더 그러했다.

동물이 버리고 간 동굴을 쉘터로 삼은 그는 밖으로 나와 끼닛거리를 찾기 시작했다. 상당한 시간이 흘렀고, 그는 한 끼를 먹고 남을 정도의 멧돼지까지 잡을 수 있었다.

타닥타닥!

핏물을 제거한 멧돼지가 노릇하게 잘 익어가고 있다. 과거였다면 절대 있을 수 없는 일이었다. 아니, 불가능한 일이라 할 수 있었다.

물론 경험을 토대로 동굴을 찾아낼 것이고, 덫을 놓아 동물을 잡았을 것이다. 하나 설마 혼자 몇 백 킬로그램이나 나가는 멧돼지를 잡고 철저하게 가려져 있는 동굴을 단번에 발견했을 리는 만무했다.

"또 다른 존재가 내 안에 있다고 했는데……."

잘 익은 멧돼지의 다리를 잡고 손칼로 저며 입으로 쑤셔 넣으며 웅얼거리는 아론이다. 자신의 내부에 몇 명의 존재가 있을지 몰랐다. 확실한 것은 그중 한 명의 자신이 자신의 모든 것을 넘겨주고 사라졌다는 것이다.

멧돼지 다리를 질겅거리며 하나씩 곱씹어보는 아론. 그러다 문득 자신이 주렁주렁 매달고 있던 무기가 사라졌다는 것을 깨달았다.

'뭐지?'

순간 당황할 수밖에 없었다. 지금까지 전혀 의식하지 못했다. 물론 새롭게 각성한 힘 때문에 흥분한 것은 사실이다. 하지만 자신이 시체에서 챙긴 무기류를 잃어버리고도 깨닫지 못했다는 것은 인정할 수 없었다.

용병이란 언제 어떻게 될지 모른다. 특히나 과거의 자신처럼 마나조차 깨닫지 못한 유저급의 용병에게 있어서는 말이다. 때문에 마나를 깨달은 익스퍼트의 용병들과 달리 유저급의 용병들은 무기를 주렁주렁 달고 다니기를 서슴지 않았다.

무기가 많을수록 살아남을 확률이 높았고, 때에 따라서는 무기를 팔아 생필품, 혹은 기타 전투에 필요한 장구를 살 수 있었다. 그러하기에 전투가 끝나고 죽은 시체를 뒤지는 것을 망설이지 않던 아론이다.

그런데 아무리 변했다 해도 자신의 목숨과도 같은 무기가 사라졌음에도 아무것도 인식하지 못했다는 것은 무언가 감각에 이상이 생겼다고밖에 할 수 없었다. 하지만 아무리 생각해도 자신의 몸에 어떤 이상이 생겼는지 알 수 없었다.

오랫동안 생각에 잠겨 있던 그는 마침내 생각하는 것을 포기했다. 도무지 알 수 없었기 때문이다. 그러다 문득 멧돼지의 살을 자르기 위해 들고 있는 칼의 길이가 너무 짧아 조금 긴 칼이 있었으면 좋겠다는 생각이 들었다.

그런데 그때 그의 손을 뚫고 나온 하나의 날카로운 칼이 보였다. 아론은 멍하니 갑자기 솟아난 그 칼을 바라봤다.

"……."

놀라움에 잠시 멍하니 있던 아론은 이내 깨달았다. 자신이 챙긴 무기를 자신이 흡수했다는 것을 말이다.

하지만 더 놀란 것은 이 모든 것을 마치 미리 알고나 있었다는 듯 대하고 있는 자신 때문이었다.

'평정심.'

그의 놀람은 평정심에 의해 산산조각이 났고, 아론은 말없이 잘 익은 멧돼지를 게걸스럽게 먹기 시작했다. 그는 어느새 자신에게 일어나는 모든 것을 아무렇지도 않게 인정하고 있었다.

우적우적.

아론은 말없이 고기를 자르고 씹어 먹었다. 성인 남성 몇십 명이 충분히 먹고도 남을 멧돼지를 혼자 모두 해치웠다. 그런 후 가볍게 트림을 한 아론의 눈동자가 더욱더 심유해졌다.

밤은 더욱 어두워졌고, 그가 피워놓은 불은 더욱 맹렬하게 타올랐다. 그러면 그럴수록 아론의 생각은 점점 더 깊은 심연 속에 빠져들었다.

'아직도 혼란스럽기는 하지만 이제 대충 알겠다. 내가 각성한 힘을.'

그리고 하나의 결과에 도달할 수 있었다. 그 결과가 도출되자마자 그의 뇌리 속으로 선명하게 각인되어 떠오르는 몇 가

지 사실이 있었다. 그 사실들은 순차적으로 떠올랐는데, 가장
먼저 떠오른 것은 역시 자신이 죽인 또 다른 자신의 생각과
그에 따른 전승이었다.

전승이라는 글자가 떠오르는 그 순간 그는 머리가 빠개질
듯한 고통 속에서 다시 깊고 깊은 심연 속으로 빠져들었다.

*   *   *

"왔나?"

깊은 심연 속에서 자신을 반기는 자가 있었다. 자신과는 조
금 다른 얼굴을 하고 있으며 희끗한 짧은 머리와 강장한 모습
을 하고 있는 자였다.

"이미 알고 있겠지만 평행 차원 81차원, 지구의 대한민국에
살던 백두산이라고 한다."

"또 다른 나인가?"

"사라진 존재와 대화를 한 모양이군."

"901차원의 타이탄 행성의 옵티머스 고르곤 가이잘라스라
고 하더군."

"그렇군."

"백두산 너는 나에게 뭘 전승해 줄 거지?"

아론은 이제 망설이지 않았다. 이미 자신의 정신 속에 살아

있는 이들은 육체를 가질 수 없음을 알고 있기 때문이다. 왜 그렇게 되었는지는 모를 일이었다.

"나는 두 가지의 능력을 전수해 줄 것이다. 하나는 21세기 지구의 지식과 1203차원의 워딘 행성의 나이자 너이던 자의 능력이지."

"동시에?"

"아니. 먼저 1203차원 워딘 행성의 능력을 전해주지."

"더 오래 살고 싶은 건가?"

"사는 것이 아니라 존재하는 것이겠지. 그리고 내가 전해줄 것은 무력이나 능력이 아닌 지식이야. 간단하게 전달해 주기에는 너무나도 방대하지."

"그런가?"

고르곤 역시 수없이 많은 경험과 지식을 전해줬다. 그때 만약 고르곤의 불멸이라는 능력을 전승하지 않았다면 자신은 머리가 터져 죽었을지도 모를 일이다. 능력을 전수받는 것과 지식을 전수받는 것은 그만큼 큰 차이가 있었다.

"확실히 많이 달라졌군."

백두산이 뚫어지게 아론을 바라보며 말했다. 그에 아론 역시 변한 자신의 모습을 인지하고 고개를 끄덕였다.

"한 명뿐이지만 삶과 지식이 모두 전승되고 각인되었다. 변하지 않으면 그것이 오히려 더 이상한 것 아니겠나?"

"그것도 그렇군."

그와 동시에 백두산의 정수리에서 하얗고 실체 없는 연기가 아론의 정수리를 향해 날아들었다. 아론은 저항하지 않았다. 이미 한 번 겪어봤기 때문이다. 다시 깨질 것 같은 통증과 함께 언제 그랬냐는 듯이 사라지는 고통.

"이번 능력은……."

"공간에 관한 모든 것이지."

"그렇군."

간단하게 인정해 버리는 아론. 그런 아론의 태도에 살짝 고개를 갸웃거리는 백두산이다.

"왜? 생각보다 저항이 없어서 그런 것인가?"

"그렇지. 아무리 겪어봤다고 하지만 너무 담담하군."

"……."

"난 23년 동안 용병으로 이 세상에서 뒹굴었지."

"그 말은 남들보다 생각이 유연하다는 것이겠군."

"유연?"

"아! 말뜻을 모르는 것인가? 뭐 그럴 수도 있겠지. 어쨌든 적응력이 뛰어나다고 할 수 있는 게로군."

"그렇다고 할 수 있지. 때로는 비굴할 정도로 비겁해야 하고, 때로는 알고도 모른 척해야 하는 것이 약한 자가 오랫동안 살아남는 조건이니까."

"그도 그렇군. 어쨌든 오늘의 만남은 이것으로 끝내야겠군."

"너의 것은 전승하지 않나?"

"지식이란 우격다짐으로 집어넣는다고 해서 되는 것이 아니니까."

"어떻게 그럴 수가 있지? 모두 사라졌는데 너는 왜 더 오래 존재할 수 있지?"

아론의 질문에 백두산이 씁쓸한 표정을 지었다.

"한 명의 희생 덕분이지."

"희생이라면……."

"지금 너에게 전승한 공간에 관한 모든 능력을 가지고 있던 자."

"그렇군. 하면 얼마나 오래 존재할 수 있나?"

"길어야 일 년, 짧으면 6개월이겠군. 그조차도 안 될 수 있고."

"그동안 그 방대한 지식을 전해줄 수 있나?"

"이곳에서 흐르는 시간과 현실에서 흐르는 시간은 전혀 다르니까. 대략 100분의 1 수준이라고 할 수 있겠군."

"심심하지는 않겠군. 하면 너를 만날 때마다 그 고통을 겪어야 하는가?"

"그렇지는 않을 거야."

"그나마 다행이군. 머리가 깨지는 고통은 정말 참기 힘들거든."

"그래, 그렇지. 어쨌든 다음에 보지."

"그러지."

"아! 그리고."

기억의 저편으로 사라지려 하던 백두산이 아론의 정신을 다잡았다.

"왜 그러지?"

"중요한 것을 빼먹어서 말이지."

"중요한 것?"

"그래. 어쩌면 너의 생명과도 직결될 수 있는 일이지."

"생명이라……."

도무지 감을 잡을 수 없었다.

"네가 죽인 차원을 넘나들던 놈에게서 떨어져 나온 파편은 너에게 흡수된 세 개가 전부가 아니라는 것이지."

"더… 있다는 것인가?"

"총 일곱 개야. 그중 세 개가 너에게 흡수된 것이지."

"나머지 네 개는 나에게 흡수되지 않았다는 말이군. 그런데 그게 문제가 되나?"

"너에게 흡수돼 이제는 하나가 되어버린 힘과 나머지 네 개의 힘은 끊임없이 서로를 탐할 것이다."

"서로를 탐한다는 것은……."

"다른 힘을 흡수하기 위해 어떤 행위도 서슴지 않는다는 말이겠지."

"하지만 내가 더 유리한 것 아닌가?"

"글쎄. 그건 모를 일이지. 만약 너보다 훨씬 강대한 힘과 세력을 가진 자가 너처럼 서너 개의 힘을 흡수했다면? 아니면 한 개의 힘을 흡수해 너보다 약하지만 일국의 제왕이라면?"

"그건……."

말문이 막혀왔다. 자신은 세력도, 사람도, 권력도, 돈도 없다. 아직 완성하지 못한 세 개의 힘만 존재할 뿐이다.

"내가 강해져야 하겠군."

"그것도 아주 많이."

아론의 말을 백두산이 받았고, 아론은 쉴 틈 없이 그 뒷말을 이었다.

"돈도, 사람도, 세력도, 그리고 전승 받은 모든 힘도 말이지."

"그래. 전해줄 말은 다 전해줬으니 이제는 조금 쉬고 싶군. 너는 아직 모든 힘을 소화시키지 못했기에 나와 대화할 수 있는 시간이 짧거든."

"그래, 쉬어라."

*　　　　　*　　　　　*

살며시 눈을 뜬 아론은 눈을 뜨자마자 주변을 둘러보았지만 시간이 얼마 흐르지 않은 것 같았다.

피워놓은 불 위에는 기름기를 흘리며 익어가고 있는 멧돼지가 있었으며, 자신이 손에는 여전히 한 움큼 뜯어낸 멧돼지 살이 들려 있었다.

알 수 없는 것투성이였다. 하지만 그러한 와중에도 심연 깊은 곳에서 만난 백두산이라는 인물과 나눈 대화 속에서 많은 것을 알게 된 아론이다.

'가장 큰 힘을 가진 세 명만이 존재했고, 그중 두 존재가 사라져서 나의 전신에 녹아들었다. 그리고 또 하나의 힘은 짧으면 6개월, 길면 1년 동안 서서히 나에게 전승될 것이다. 결국 나는 그 누구도 함부로 할 수 없는, 세상을 발아래에 두고 오시할 수 있는 힘을 가지게 된 것이로구나.'

새벽녘이 되어서야 결론을 내렸다. 자신은 상상조차 할 수 없을 정도로 강해졌다. 중요한 것은 그런 결론을 내렸음에도 불구하고 전혀 흔들림, 혹은 놀람조차 없다는 것이다.

그는 이제는 다 타고 재만 남은 화톳불을 보다 슬며시 자신의 손을 바라봤다.

"기회일까? 기회이겠지. 다시 살아갈 수 있는."

밤새 한숨도 잘 수 없었다. 자신이 변했다고 느끼는 그 순간 기회라는 단어가 머리를 스치고 지나갔다.

기회.

단 한 순간도 머릿속에서 지우지 않던 단어이다. 그 단어가 지금 이 순간 가장 크게 사내의 뇌리를 지배했다. 얼마나 가지고 싶던 것이던가? 얼마나 열망하던 단어던가? 그런데 죽음을 맞이하는 그 순간 자신에게 그 단어가 주어진 것이다.

"강해져야겠군. 죽기 싫으면 말이야."

무척이나 담담하게 입을 여는 아론의 음성은 차분하게 가라앉아 있었다. 어둠 속에서 불보다 뜨겁게 타오르는 그의 눈동자였다. 그렇게 그는 이 모든 것을 인정했고, 적응해 가려 했다.

그 누가 다시 살아난 상황에서 다시 죽고 싶겠는가? 아론도 마찬가지였다. 살고 싶었다. 미친 듯이 살고 싶었다. 과거였다면 포기했을 수도 있었다. 하지만 자신은 힘이 있지 않은가? 전승된 힘과 그 힘을 활용할 수 있는 힘이 있지 않은가?

'그러니 악착같이 살아야지. 그리고… 과거처럼 나약하게 살고 싶지는 않아.'

처음 죽음에서 다시 정신을 차린 지 근 한 달 만이고, 회색의 숲에 들어온 지 20여 일 만의 일이었다. 결심이 서자 그의 행동은 뚜렷하게 여유로워졌다. 그는 이 기회에 회색의 숲에 대해서 구석구석까지 파악하며 이동하고 있었다.

백두산으로부터 지식을 전승받고, 전승된 공간의 힘과 불멸의 힘을 체화시키기 시작했다. 혼자였다면 두 힘을 제대로 전승하기에는 상당한 시간이 소요되었을 것이다. 하지만 아론은 백두산의 도움으로 스펀지가 물을 흡수하듯 빠르게 체화시켜 나갔다.

불과 20여 일이 지났지만 아론은 많은 것을 흡수할 수 있었다. 그의 움직임은 불과 20여 일 전의 유저 단계 중 러너의 용병이라고는 믿을 수 없을 정도였다. 그렇게 빠르게 모든 것을 흡수해 나가는 도중 마침내 그는 새로운 상황에 직면하게 되었다.

'전투다!'

스팟!

그것을 느끼는 순간 여유롭게 움직이던 아론의 신형이 순식간에 사라져 버렸다.

"꾸이익!"

"취이이익! 인.간. 죽.어.라!"

몇 십의 오크와 몇 명의 인간이 거친 숨을 내쉬며 싸우고 있었다. 하지만 압도적으로 인간들이 밀리고 있었다. 인간의 수보다 오크의 수가 월등히 많았고, 인간들은 그저 보기에도 낭패스러운 모습이었다.

하지만 인간들은 필사적으로 오크들과 전투를 벌이고 있었다. 살기 위해서 말이다. 벌써 몇몇의 오크가 죽임을 당했다.

그럼에도 오크들은 물러나지 않았다. 아니, 오히려 더욱더 흥성을 폭발시키며 인간들을 압박했다.

"크아악!"

"죠온!"

한 용병이 피를 흘리며 비명을 지르자 그 모습을 본 동료가 다급하게 외쳤다. 하나 불가항력이었다. 어느새 몇 마리의 오크가 달려들어 항거 불능에 달한 용병의 목을 물어뜯고 심장을 뽑아 올렸다.

"크아악! 죽어! 죽어, 이 새끼들아!"

그 모습을 본 한 용병이 미친 듯이 검을 휘두르며 전투 와중임에도 불구하고 죽은 용병을 뜯어 먹고 있는 오크를 향해 쇄도해 들어갔다. 하지만 역부족이었다.

카앙!

"끄윽!"

낡은 배틀 엑스가 용병의 진로를 막았고, 용병은 그 힘을 견디지 못하고 비척거리며 물러났다.

"크르르륵! 취이익!"

나직한 울음이 비척거리며 물러난 용병의 귓가로 전해졌다. 순간 용병은 전신이 싸늘하게 식어가는 느낌을 받고 부지불식간에 전면을 바라봤다.

시퍼런 근육질의 장대한 체구의 오크가 살점과 피가 덕지

덕지 붙어 있는 아래 송곳니를 드러내며 웃었다.

그것은 비웃음이었다. 그리고 둘의 눈이 마주치는 그 순간 오크의 거대한 배틀 엑스가 용병을 향해 쇄도했다. 용병의 얼굴은 암울하게 일그러질 수밖에 없었다. 막을 힘이 없었다. 이미 지칠 대로 지친 몸에 방금 전의 일격으로 검을 제대로 쥘 수조차 없었기 때문이다.

그 상황을 은밀하게 지켜보고 있는 이가 있었으니 다름 아닌 아론이었다.

'살려야 하지 않겠나?'

전투 상황을 바라보고 있는 아론의 머릿속에서 들려오는 음성, 바로 백두산이었다.

'왜 그래야 하지?'

'넌 강자니까.'

'강자라……. 내가 강자가 된 것인가?'

'그렇지. 너도 이제 인지하고 있을 텐데? 이 세계에서 너를 어찌할 수 있는 사람은 없다는 것을.'

'그래, 알지. 그런데 저 전투에 내가 나서야 하는 이유는 모르겠군. 강자라서? 강자라면 무조건 그래야 하나?'

'흠, 그런가? 그럴 수도 있겠군. 그러면 묻지.'

'무엇을?'

백두산과 아론은 문답을 이어갔다.

'어떻게 살고 싶은 거지?'

'그야……'

'잘난 체하는 놈 눌러주고 싶지 않나? 쥐꼬리만 한 권력을 믿고 날뛰는 놈들에게 통쾌하게 한 방 먹이고 싶지 않나? 아니면 알량한 지식으로 평생을 모아온 돈을 가로채는 놈을 패주고 싶지 않나?'

'그래, 그러고 싶군.'

백두산은 아론의 생각 구석구석까지 알고 있었다. 이미 서로의 정신을 공유하고 있음에 아론이 백두산이고 백두산이 아론이 되어버렸다. 하나 백두산의 존재감은 점점 옅어지고 있었다. 최소 6개월이라는 시한부의 시간이 밤낮 구별 없이 존재함으로 인해 머물 수 있는 시간이 극명하게 단축되었기 때문이다.

'그것이 강자의 권리지.'

'그런 놈을 혼내주는 것이?'

'아니, 네가 하고 싶은 것을 할 수 있다는 것이.'

'그래, 그렇군.'

'하지만 또 하나 염두에 두어야 할 것이 있지.'

'염두?'

'권리에는 반드시 의무가 따른다는 것이지.'

'글쎄, 꼭 그래야만 하나?'

'뭐 싫으면 어쩔 수 없고 말이야. 그리고 분명한 것은 지금 의 너는 네가 하고 싶은 것을 할 수 있는 힘을 가지고 있다는 거야. 네가 하고 싶은 것을 말이야.'

'내가 하고 싶은 것……'

백두산의 마지막 말을 되뇌는 아론이었다. 그의 시선이 다 시 이제는 거의 끝나가고 있는 싸움을 바라보았다.

"그래. 내가 하고 싶은 대로, 가슴이 시키는 대로."

그리고 그가 움직였다.

＊　　　　＊　　　　＊

결국 용병은 눈을 질끈 감을 수밖에 없었다.

'끝인가?'

수많은 상념이 순식간에 용병의 뇌리를 스치고 지나갔다. 하지만 아무리 기다려도 어떤 고통도 느껴지지 않았다. 물론 아주 촌각의 순간이었다. 하나 그 촌각의 순간 자신은 죽을 수밖에 없음에도 그 끔찍한 고통이 느껴지지 않았다.

'뭐지?'

그러면서 살짝 눈을 떴다. 그리고 용병은 볼 수 있었다. 피 딱지가 덕지덕지 묻어 있는 오크의 배틀 엑스를 막고 있는 손 을 말이다.

"······?"

순간적으로 멍해지는 용병. 오크의 신장은 대략 190 정도. 보통 사람보다 머리 하나는 더 컸다. 그리고 바위를 연상시킬 만큼 단단한 초록색 동체를 자랑하는 오크가 내려치는 배틀 엑스는 막는다고 해서 막을 수 있는 것이 아니었다.

"꾸어엉!"

잠깐의 상념을 깨는 소리가 있었다. 그제야 자신의 앞을 다시 제대로 바라보는 용병. 그의 눈이 믿을 수 없다는 듯이 홉 떠졌다. 거대한 동체의 오크가 마치 가랑잎처럼 검은 녹색의 피를 토해내며 훌훌 날아오르고 있었다.

파앙!

그리고 공기가 찢어지는 듯한 소리가 들려오더니 몇몇의 오크가 끈 떨어진 연처럼 연거푸 이리저리 부딪치며 녹색의 피를 게워내고 있다.

"인.간. 취이익! 죽.어.랏!"

그제야 살아남은 오크들이 정신을 차렸는지 용병들을 내버려 둔 채 새롭게 나타난 자를 향해 달려들었다. 하나 사내는 마치 당연하다는 듯이 움직였다. 그런 사내를 향해 여러 방향에서 배틀 엑스가 날아들었다.

그중 정면으로 날아오는 배틀 엑스 안쪽으로 파고들더니 가볍게 오크의 손목을 휘어잡아 팔을 돌려 팔꿈치 부분을 툭

쳤다.

뿌득!

"뀌이이익!"

돼지 멱따는 듯한 소리가 들려오며 오크의 팔이 기이하게 꺾였다. 하나 사내의 공격은 거기에서 끝난 것이 아니었다. 사내는 비명을 지르는 오크를 허깨비처럼 스쳐 지나갔다.

"……!"

단말마의 비명이 터지며 목을 감싸 쥐는 오크. 감싸 쥔 손을 통해 녹색의 핏물이 흘러나왔다. 하나 그것이 시작이었다. 그의 신형은 눈으로 좇을 수 없을 정도로 빨랐고, 그의 모습이 잠깐 멈춘 그 순간 오크들은 여지없이 죽음을 맞이했다.

"취이익! 이, 인.간. 강하다!"

"도, 도망쳐라! 취이익!"

세 마리쯤 남았을까? 오크들은 압도적인 사내의 무력에 겁을 집어먹기 시작했다. 그리고 종내에는 죽은 동료들을 내버리고 도망을 선택했다.

하나 사내는 결코 그것을 허락하지 않았다. 뒤도 돌아보지 않고 도망가는 오크를 향해 바닥에 널브러진 배틀 엑스와 부러진 검 몇 개를 툭툭 차올린 후 손으로 툭 밀었다.

쐐에엑!

그저 툭 쳤건만 공기를 찢는 듯한 소리가 들려왔다.

"뀌이익!"

세 번의 외마디 비명이 터졌다. 그리고 정적이 감돌았다. 오크들이 죽은 것을 확인한 아론은 돌아서 입을 열었다.

"괜찮나?"

묵직한 음성이 흘러나왔다. 그에 용병은 자신도 모르게 고개를 끄덕였다. 그러자 아론은 고개를 끄덕이며 주변을 둘러보았다. 용병은 세 명이 살아남아 있었다. 그중 두 명은 기식이 엄엄해 시체라고 봐도 무방할 정도였다.

"끄륵!"

"커, 컥!"

아론은 치명상을 입은 두 용병의 목에 손을 대어보더니 살짝 고개를 저었다.

"죽… 었소?"

"……!"

말없이 고개만 끄덕이는 아론. 그에 용병은 고개를 절레절레 젓더니 긴 한숨을 내쉬었다.

"북부 방면 동부군 제1용병 만인대 5천인대 5백인대 9조장 맥심이요."

"6백인대 10조 부조장 아론."

"그……."

뭔가 말을 하려다 마는 맥심. 그것은 듣지 않아도 알 일이었다. 조장과 부조장. 한 끗 차이지만 군대라면 결코 허용될 수 없는 벽이 존재했다. 하지만 아론은 그런 벽을 간단하게 허물고 있었다.

그러나 맥심 9조장은 결코 입을 열 수 없었다. 왜냐하면 일단은 아론이 자신의 생명을 살려준 것이고, 오크 열 마리를 순식간에 제거해 버리는 그 솜씨는 결코 부조장으로 있을 만한 실력이 아니었기 때문이다.

'오크 열 마리를 단숨에 제거했다. 익스퍼트에 오른 자가 아니면 불가능한 일. 분명 무언가 곡절이 있음이 분명한 자다.'

맥심의 생각은 바로 그것이었다. 상당히 유화해서 한 생각이지만 저런 대단한 실력에 부조장이라면 꼴통이거나 타협을 싫어하는 유형일 것이 분명했다.

"어쨌든 고맙소."

"일단 여기를 벗어나지. 걸을 수 있겠나?"

"끄응!"

아론의 말에 맥심이 대답 없이 자리에서 일어나려 했으나 쉽지가 않았다. 언제 입었는지 모를 상처가 허벅지에 나 있었다. 지금까지의 상황이 상황인지라 인지하지 못하고 있었지만 뼈가 훤히 보일 정도로 깊은 상처였다.

아론은 슬쩍 그런 맥심의 모습을 보더니 무언가를 꺼내 휙 하고 맥심에게 던졌다.

"절반은 마시고 절반은 뿌려."

엉겁결에 그것을 받아 든 맥심은 놀라지 않을 수 없었다. 하급 포션도 아니고 상급 포션이었다. 기사나 귀족들이 사용한다는 상급 포션 말이다.

"고, 고맙소."

그러면서 바로 병의 마개를 따고 절반 정도를 들이켰다. 쓰디쓴 하급 포션과는 달리 향긋하고 청량한 냄새가 흘러나왔다. 입을 떼었을 때는 아쉬움에 입맛까지 다실 정도였다. 그리고 곧바로 허벅지의 상처 부위에 솔솔 뿌렸다.

치이이익! 부그르르르!

"크으윽!"

쩍 벌어진 상처에서 흰 거품이 일기 시작하면서 참을 수 없는 극통이 전해져 왔다. 하지만 그 극렬한 통증은 오래가지 않았다. 실로 순식간이라 할 수 있었다.

그와 함께 창백하던 맥심의 혈색이 서서히 돌아오기 시작했다.

상당한 출혈이 있었음에도 불구하고 포션 한 병에 빠르게 정상을 찾아가고 있는 모습이다.

그렇게 약간의 시간이 흘렀다.

"이제 그만 일어나지? 피 냄새를 맡은 몬스터들이 몰려올 수 있는데."

"아, 알겠소."

땅을 짚고 일어나던 맥심은 의외로 가뿐한, 아니, 오히려 오크들과 드잡이를 하기 전보다 훨씬 몸이 가벼워진 것 같은 느낌에 감탄했다.

"역시 상급 포션이구려. 비쌀 텐데……."

"사람 목숨만 하려고. 움직이지."

아론은 그렇게 간단하게 대꾸하고는 걸음을 옮겼다. 그런 아론의 모습을 바라보는 맥심.

'희한한 사람이군.'

이 시대의 용병에게 있어 상급 포션은 하급 용병의 목숨값보다 비싸다.

유저 수준, 그러니까 마나를 발현하지 못하는 전쟁 용병 중 이제 시작한 이의 고용비는 5브론즈이고 경력이 좀 되는 러너는 1실버였다.

5인 가족 한 달 생활비가 8실버 50브론즈인 것을 감안하면 결코 적은 금액이 아니었다. 하지만 중요한 것은 겨우 외상을 치유하는 역할밖에 하지 못하는 하급 포션은 한 병에 보통 1실버 정도한다는 것이다.

중급은 10실버이고, 어지간한 내상은 씻은 듯이 치료하는 상급의 경우는 무려 100실버, 그러니까 1골드나 한다는 말이다. 때문에 지금 저 아론이라는 용병이 자신에게 준 상급 포션은 무려 1골드나 하는 것이다.

5인 가족이 아끼면 1년은 족히 먹고살 수 있는 그런 어마어마한 금액이다. 자신과 같은 러너급 용병은 언감생심 손이 떨려 살 수도 없는 그런 포션을 사람 목숨이 달렸다는 이유로 던져준 것이니 희한하다 여기지 않을 수 없었다.

어쨌든 맥심은 말없이 아론의 뒤를 따랐다. 아론은 상당이 빨리 움직였다. 그런데 그렇게 움직이면서도 교묘하게 몬스터를 피해가고 있다는 생각이 들었다.

'확실해. 익스퍼트야. 절대 유저가 아니야.'

맥심은 확신했다.

툭!

이런저런 생각을 하는 도중 맥심은 무언가 자신의 앞을 가로막는 것을 느꼈다. 가로막은 것이 아닌, 빠르게 움직이던 아론이 멈춰 서면서 그의 등에 부딪친 것이지만 말이다.

아론이 검지를 들어 입술에 대었다.

그에 맥심은 무언가 심상찮음을 느끼고 몸을 웅크리며 아론이 주시하는 쪽을 뚫어지게 바라보았다.

아무것도 느낄 수 없었다. 다만 용병질을 하며 경험한 것에 비추어 지금의 상황이 상당히 위화감을 주고 있다는 것은 알 수 있었다.

그리고 희미하게 듣고 맡을 수 있었다. 숲 속에서 전해지는 바람 속에 숨겨진 비릿한 혈향과 무기가 부딪치는 소리를 말이다.

그 소리는 극도로 긴장해야 들을 수 있을 정도로 희미했다. 그것도 그 혈향과 싸움 소리에 숲을 지배하던 풀벌레나 새소리가 나지 않고 적막했기 때문에 가능한 일이었다.

그런데 아론은 움직이는 도중에 그 모든 것을 잡아내고 있었다. 그러고는 은밀하게 움직여 나가기 시작했다.

그의 뒤를 따라 움직이는 맥심에겐 아직까지도 그저 아련하게 소리가 들려올 뿐이었다. 어느 방향인지조차 알 수 없었다.

하지만 아론은 정확하게 한 방향으로 움직이고 있었다. 조심하며 따라가는 맥심은 이내 숨이 차오르기 시작했다. 그만큼 아론의 움직임은 빨랐다.

"후욱! 후욱!"

마침내 거칠게 숨을 내쉴 즈음이 되어서야 아론의 움직임이 멎었다. 그에 맥심은 곧바로 걸음을 멈추고 숨을 고르며 전방을 주시했다. 일단의 무장한 이들과 몬스터들이 드잡이를 하고 있었다.

그냥 척 보기에도 낙오된 용병들이었다. 하지만 수가 조금 많았다. 적어도 몇십 명은 되어 보였다. 하지만 그러함에도 안전하지 않았다. 그들이 드잡이를 하고 있는 몬스터는 오크만

이 아니었다.

　오크들이 타고 다니는 다이어 울프까지 포함되어 있었다.

　불행하게도 지금 드잡이를 하고 있는 낙오된 용병들은 오크 정찰대나 혹은 어떤 사정으로 인해 군락을 옮기는 오크 집단과 맞붙은 것 같았다.

　"수가 너무 많소."

　맥심의 말에 아론이 그를 바라봤다. 그에 슬쩍 아론의 시선을 회피하는 맥심. 그의 얼굴에는 약간의 죄책감이 깃들어 있었다. 그리고 아론은 그것을 놓치지 않았다.

　"같은 백인대 아닌가?"

　"그……."

　말을 잇지 못하는 맥심.

　"아무리 등 돌리면 적이라는 용병이라고 해도 그건 아니지."

　"크음. 그, 그래도 너무 많은데……."

　여전히 선뜻 나서지 않는 맥심이다.

　"그럼 여기서 지켜나 봐."

　아론은 맥심을 탓할 생각은 없었다. 그는 이미 자신의 조원들을 모두 잃었다. 의협심이 강했다면 기사를 하지 용병을 할 이유가 없었다. 어차피 그에게서 그런 의협심을 바라는 것도 아니었다.

　또한 오크는 가장 흔한 몬스터였다. 하지만 상위 몬스터들마저도 집단으로 군락을 이루고 있는 오크는 어찌할 수 없었다. 빠른 번식력과 두려움을 모르는 투기는 한 마리면 모르나 그 수가 더하면 더할수록 두려움을 주기 때문이다.

그러하기에 오거나 트롤마저도 몇 마리 이상의 오크는 피해가는 경우가 다반사였다. 자신의 영역을 침범하거나 지극히 배가 고플 때를 제외하고는 말이다.

그런 오크 집단과 마주쳤으니 아무리 난전에 능한 용병들이라 해도 결코 쉽지 않은 상대가 될 것이 뻔했다.

그리고 그것을 증명이라도 하듯이 여기저기에 피를 흘리고 쓰러져 있는 용병들과 오크들의 시체가 보였다. 하지만 오크의 시체보다는 용병의 시체가 더 많았다. 마치 한 개 백인대 전체가 낙오된 것처럼 말이다.

"꾸어어엉!"

그중 거의 2미터에 달하는 거대한 체구의 오크가 커다란 함성을 질렀다. 지금까지 전투에 참여하지 않고 그저 거대한 다이어 울프의 등에 탄 채 지켜만 보고 있던 오크이다. 그런데 전투를 치르는 양상이 답답했는지 마침내 커다란 함성을 내지르며 전장으로 뛰어들었다.

대장 오크가 타고 있던 다이어 울프는 바닥에 착지하면서 한 용병의 목을 물어뜯었다. 비명조차 지르지 못하고 죽어버린 용병. 대장 오크의 거대한 배틀 엑스가 휘둘러짐에 운 없게 그 주변에 있던 두 명의 용병이 한꺼번에 잘려 나갔다.

"끄아악!"

비명 소리가 난무했다.

"쥐에엑!"

막 한 마리의 오크가 목이 잘려 죽었다. 그런 오크를 발로 차 밀고 있는 한 용병이 있다.

"대장! 도망쳐야 해!"

"이런 쓰벌."

대장이라고 불린 자는 가래침을 탁 뱉어냈다.

"죽을 때 죽더라도 일단 정리 좀 하고 가자."

"지금이 아니면 기회가 없어! 빨리!"

"이 새끼야, 죽은 놈들 뭐라도 들고 가야 할 거 아냐?"

"씨벌. 죽은 놈은 죽은 놈이고 내가 죽게 생겼구만."

"이런 니미. 그걸 지금 말이라고 하냐? 내 검에 죽고 싶냐?"

"염병."

대장이라는 자와 말다툼을 하던 용병이 육두문자를 내뱉으며 근처 오크들을 향해 배틀 해머를 내려쳤다.

쾌직!

그것을 보고 용병대장 역시 일반인은 두 손으로 들어야 할 대검을 마치 쌍검처럼 휘두르며 격렬하게 돌진해 나갔다. 그가 향하는 방향은 바로 대장 오크가 있는 쪽이었다.

"야, 이런 씨발 돼지들아! 비켜! 비키란 말이다!"

그는 자신이 가는 길 앞에 거치적거리는 것을 모두 베어 넘겼다. 그 실력이 일반 유저 단계의 용병들과는 비할 바가 못 되었다.

그의 그런 모습은 기어코 대장 오크의 눈에 띄게 되었다. 대장 오크는 그런 용병대장을 보며 날카로운 송곳니를 드러내며 웃었다.

"취이익! 죽인다."

"죽여 봐, 이 돼지 새끼야!"

후우웅!

들고 있던 배틀 엑스를 집어 던지는 오크 대장.

용병대장은 살짝 몸을 숙여 배틀 엑스를 피해냈다. 하지만 오크 대장의 공격은 그때부터 시작이었다. 들고 있던 배틀 엑스가 하나가 되었지만 전혀 문제되지 않는다는 듯 날아오르고 있었다.

쉬아아악!

용병대장은 다급하게 대검을 들어 막았다.

콰아앙!

"큭! 이런 염병!"

손이 짜르르한 것이 보통 힘이 아니었다. 잠시 당황한 용병대장은 양손에 하나씩 들고 있는 대검에 마나를 시전했다.

"넌 죽었어, 이 돼지 새끼야!"

"크르르!"

그에 날카롭게 웃는 오크 대장. 오크 대장도 알고 있었다. 인간들의 기준으로 오러 포스라는 것을 말이다. 하지만 인간들이 시전하는 오러 포스는 한계가 있었다. 고작해야 10분. 그 정도로는 자신을 어떻게 할 수 없었다.

오크 대장은 어느새 자신이 날린 배틀 엑스를 집어 들었다. 양손에 나누어 쥔 배틀 엑스.

콰앙! 콰앙!

연속으로 내려치는 배틀 엑스. 용병대장은 오러 포스를 시전했음에도 불구하고 다급하게 뒤로 물러날 수밖에 없었다.

이미 기세는 상대가 잡고 있었다. 기세도 기세지만 내려친 배틀 엑스를 통해 느껴지는 통증이 그야말로 상상 이상이었다.

'돼지 새끼가 힘만 세가지고는……'

생각은 그렇게 했지만 상황은 여전히 좋지 못했다. 한 번 기선이 잡히고 밀리기 시작하자 도무지 돌파구가 보이지 않았다.

죽은 용병들의 물품을 몇 개 챙긴 용병대장은 어금니를 꽉 깨물며 뒤도 돌아보지도 않고 외쳤다.

"도망쳐! 도망치란 말이다!"

주변을 살펴볼 것도 없었다. 그러기에는 자신이 처한 상황이 너무나 위태위태했다. 그래도 자신이 대장 오크를 붙잡고 있으면 다른 오크들의 행동에 조금이나마 영향을 끼칠 수 있기 때문에 외친 것이다.

하지만 그것은 그리 쉽지 않았다. 이미 오크들은 계속 충원되고 있었다. 슬쩍 주변을 훑어본 용병대장의 얼굴이 침중하게 굳었다.

'씨발. 그 새끼 말을 듣는 게 아니었어. 날 죽이려고 발악하는 놈인데… 염병.'

쉬아악!

배틀 엑스가 떨어져 내렸다. 대검을 X 자로 만들어 막아냈다.

까가가각!

강철끼리 부딪치는 소리가 들려왔다. 압도적인 힘이다. 한 손으로 내려치는 오크 대장과 두 손으로 버티고 있는 용병대장.

"크르르."

오크 대장의 입이 좌우로 쭈욱 찢어졌다. 아주 즐겁다는 듯이 웃고 있는 것이다. 내려치고 있는 어깨 근육이 부풀어 오르며 핏줄기가 툭툭 불거졌다.

가가가각!

배틀 엑스의 날카로운 날이 내려오는 속도가 가속되었다.

"흐읍!"

얼마 남지도 않은 마나를 한껏 시전했다. 하나 역부족이었다.

'씨발! 여기서 죽는 건가?'

죽음을 직감했다. 하지만 그는 아직 죽을 운명이 아닌 모양이었다.

콰아앙!

귀를 먹먹하게 할 정도의 거대한 폭음이 터지며 오크들의 비명 소리가 들려왔다. 그에 초록색 근육을 꿈틀거리며 마지막 일격을 준비하던 오크 대장의 시선이 그곳으로 향했다.

용병대장은 그 순간을 이용해 쌍검에 힘을 주어 밀어내며 옆으로 굴러 오크 대장의 공격권에서 벗어났다.

그러면서 용병대장은 오크 대장을 쏘아보았다. 하지만 오크 대장의 관심은 이미 새롭게 나타난 자에게로 향해 있었다.

본능적으로 눈앞의 용병대장보다 새로이 나타난 자가 더 위험하다는 것을 느낀 것이다.

오크 대장의 얼굴이 일그러졌다. 아주 잠깐의 시간에 자신이 이끌고 온 오크 전사의 수가 티가 나도록 줄어들었기 때문이다.

"꾸어엉!"

오크 대장은 포효했다. 참을 수 없는 분노가 들끓었다. 그에 오크 대장은 미친 듯이 새로 난입한 인간을 향해 뛰어들었다.

"춰이익! 죽어.랏!"

아론을 향해 쇄도하는 오크 대장. 아론은 흘깃 그런 오크 대장을 보며 몸을 움직였다.

상대할 가치조차 없다는 듯이 오크 전사들을 주살하기 시작했다. 말 그대로 주살이었다.

잡히는 대로 찌르고, 베고, 박살 냈다. 두 번도 없었다. 무조건 한 번이었다. 순식간에 그 많던 오크의 수가 인간들보다 줄어들었음은 말할 것도 없었다.

"춰이익! 인.간!"

콰직!

"꿔이익!"

몇 번의 움직임으로 오크 전사의 수를 열 마리 이하로 낮춰 버린 아론이 자신을 부르는 오크 대장을 바라봤다.

"죽.엇!"

어찌나 분노했는지 오크 특유의 콧소리마저 없었다.

까딱!

그때 아론이 손을 들어 손가락을 까딱거렸다. 그에 오크 대장은 콧김을 내뿜고 눈이 벌게질 수밖에 없었다. 한 줌도 안되는 인간에게 도발당하고 있는 것이다.

앞뒤 볼 것도 없었다. 오크 대장은 배틀 엑스를 풍차처럼 휘둘렀다.

터덕!

하지만 아론은 아주 가볍게 오크 대장의 배틀 엑스의 날을 잡아버렸다.

"쿼이익!"

아론은 천천히 배틀 엑스를 벌렸다.

오크 대장은 안간힘을 쓰며 배틀 엑스에 힘을 담았다. 하지만 인간의 힘은 상상을 초월했다. 자신이 어찌할 수 없을 정도였다. 오크 대장은 무감정한 인간의 눈동자와 시선이 부딪쳤다.

척추를 타고 공포가 흘렀다. 그에 인간이 흰 이를 드러내며 웃었다. 힘과 힘이 맞부딪쳤다.

그것을 멀리서 지켜보고 있던 용병대장이나 살아남은 용병들은 심장이 튀어나올 것처럼 놀랐다.

'저게 가능한 거였어?'

'말도 안 돼. 어떻게…….'

'역시 그는 상급의 익스퍼트임이 분명해.'

뒤늦게 전투에 참여한 맥심은 확신했다. 그러한 용병들의 반응과 다르게 막상 당하는 입장의 오크 대장은 아론의 서늘한 웃음을 보는 그 순간 죽음을 직감했다.

CHAPTER 2

인연

쫘아악!

오크 대장의 양팔이 좌우로 좌악 퍼졌다. 그와 동시에 아론의 발이 들리며 발바닥으로 오크의 가슴께를 밀듯이 차올렸다.

"쿠어어엉!"

비명이 터져 나왔다. 어느새 오크 대장의 동체는 녹색의 핏물을 게워내며 끈 떨어진 연처럼 훌훌 날려가고 있었다.

우지끈, 와드득!

날려가던 오크 대장의 동체가 나무에 부딪히자 나무들이

여지없이 박살 나고 부서져 내렸다. 하지만 아론의 공격은 그대로 끝나지 않았다. 날려가는 오크 대장과 나란히 움직이며 손과 발을 움직였다.

퍼버버벅!

"꿰이이익!"

날려가면서도 연신 비명을 지르는 오크 대장. 그 와중에 아론의 신형이 휘돌아 치며 발뒤꿈치가 그대로 오크 대장의 두툼한 목에 직격했다.

뿌드드득.

"쿠워억!"

오크 대장의 목뼈가 부러지는 소리가 흘러나왔다. 한참이나 멀리 떨어져 있는 용병들조차도 확연하게 들을 수 있을 정도였다.

목이 기괴하게 꺾인 오크 대장의 거대한 동체는 마치 종잇장처럼 날아 거대한 아름드리나무에 부딪치면서 피떡이 되어 그 형체조자 제대로 알아볼 수 없을 지경이 되어버렸다.

"꿀꺽."

그것을 바라보는 용병들은 자신도 모르게 마른침을 삼킬 수밖에 없었다. 특히나 용병들을 이끌던 용병대장의 놀람은 더했다.

'저건 순수한 근력이다.'

그랬다. 지금 아론은 마나라고는 전혀 쓰지 않고 그저 순수한 근력만으로 오크 대장을 박살 내버렸다. 그 자신은 오러 포스를 사용하고도 압도적으로 밀렸건만 말이다.

'상상조차 할 수 없는 강자.'

지그시 어금니를 깨물었다. 솔직히 세상을 떠도는 수천만의 용병 중 익스퍼트에 오른 용병은 겨우 10% 정도이다. 그 수에 비해 지극히 적었다. 그리고 자신은 그 10%의 익스퍼트의 용병 중 말석이나마 마나를 깨달은 자로서 상당한 자부심을 가지고 있었다.

그래서 용병 만인대에서 백인대장이라도 하고 있는 것이다. 하지만 그런 자부심은 지금 이 순간 송두리째 무너지고 있었다. 솔직히 참담했다. 전력을 다해도 우위를 점하지 못하고 목숨이 경각에 달릴 정도로 밀렸는데 순수하게 육체 능력으로 오크 대장을 죽이다니 말이다.

"쿼, 쿼이익. 도, 도망치자."

"무서운 인간이다. 쿼이익!"

자신들은 상대조차 되지 않은 대장이 죽자 오크들은 주춤주춤 물러나기 시작했다. 그러더니 이내 뒤도 돌아보지 않고 내달렸다. 그런 오크들을 보며 용병들은 쫓지 않았다. 솔직히 쫓을 힘조차 없었다.

그저 멍하게 죽은 오크 대장과 도망치는 오크들을 바라볼 뿐이었다.

"끄으응!"

그에 용병대장은 앓는 소리를 내며 자리에서 일어나 아론을 향해 걸음을 옮겼다.

"고맙수."

용병대장의 말에 아론은 말보다 그의 전신을 훑어보다 주변에 널브러진 오크들과 용병들의 시체를 바라보았다. 그러고는 말없이 주변에 떨어진 무기를 집어 들고 땅을 파기 시작했다.

퍽! 퍼억!

한번 땅을 내려칠 때마다 큼지막한 구덩이가 생겨났다. 아론의 그런 행동을 지켜보던 맥심이 합세했고, 살아남은 용병 중 움직일 수 있는 이들은 모두 일어나 주변을 정리하기 시작했다.

용병대장 역시 말없이 그 행위에 동참했다. 죽은 용병들을 묻을 구덩이는 금방 완성되었다. 용병들은 죽은 용병들의 무기나 기타 자질구레한 소지품을 모두 빼냈다. 죽은 자들은 죽은 자이고 산 사람은 살아야 했다.

한 명 두 명 구덩이 속으로 집어 던져졌고, 마지막 용병의 시체까지 던져졌다. 아론은 주변의 마른 나뭇가지를 모아 시체 위에 놓고 부싯돌로 불을 붙였다. 매캐한 검은색 연기가 피어올랐다.

시체는 한참 동안 타올랐다. 살아남은 용병 모두 말을 잃었다. 그저 멍하니 타오르는 시체를 바라볼 뿐이었다. 하지만 이것 역시 아주 잠깐의 평화요 휴식일 뿐이었다.

"낙오병이유?"

"그런 셈이지."

"5천인대 5백인대장 제라르요."

"6백인대 10조 부조장 아론."

"그……"

제라르의 눈썹이 꿈틀거렸다. 아무리 용병 부대라고 하지만 계급은 계급이다. 그런데 겨우 부조장 주제에 백인대장에게 말을 툭툭 놓고 있다. 뭐 물론 전쟁 용병이라는 것이 자신의 직속상관이 아니면 콧방귀도 뀌지 않는다는 것은 안다.

하지만 그것도 십인대장 급에서나 그렇지 백인대장 정도 되면 달라진다. 하지만 제라르는 별다른 말을 할 수 없었다. 그에 제라르의 시선이 맥심에게로 향했다. 조원이면 몰라도 조장 정도는 익히 알고 있기 때문이다.

제라르의 시선을 느낀 맥심은 어깨를 으쓱해 보였다. 그도 잘 모르겠다는 표현이다. 그에 제라르는 곤혹스러운 표정을 지을 수밖에 없었다.

'분명 맥심 역시 그의 도움으로 여기까지 온 것 같군. 적어

도 천인대장 이상의 실력인데 말이지.'

돌아가는 상황을 되짚어보면 분명했다. 오크 대장쯤 되는 몬스터의 목뼈를 부러뜨려 죽였으니 못해도 오천인대장은 하고도 남을 실력이라 할 수 있었다.

"그래도 백인대장인데……"

불만은 제라르의 옆에 있던 용병의 입에서 나왔다. 그에 아론이 그 용병을 슬쩍 바라보며 입을 열었다.

"그래서?"

너무나도 담담한 목소리. 어떤 감정조차 느껴지지 않았다. 그러하기에 오히려 더 섬뜩하게 느껴지는 아론의 목소리였다.

아론은 용병의 대답조차 듣지 않고 주변을 훑어보았다. 대략 스무 명 정도가 살아남았다.

"어쩔 텐가?"

아론이 물었다.

"뭘?"

지기 싫었는지 제라르가 뚱해져 입을 열었다. 그런 제라르를 보며 아론은 속으로 헛웃음을 지었다.

"따로 갈까?"

"그……"

제라르 역시 주변을 둘러보았다. 피곤에 절어 있는 용병들이 자신을 바라보고 있다. 며칠 동안 제대로 된 식사나 휴식조차 취하지 못했다. 그리고 오늘 하루 종일 악착같은 오크들과 드잡이를 했다.

사실 자신도 지쳤다. 1백에 달하던 백인대도 이미 절단난 지 오래였고 말이다. 그리고 결정적으로 자신과 저들은 아론이라는 자의 실력을 보았다. 입을 떡 벌리고 침을 뚝뚝 흘리면서 말이다.

자신들을 이끌어 이 지옥 같은 회색의 숲을 벗어날 수 있는 유일한 자는 자신이 아니라 저 아론이라는 자라는 것을 내심 인정하고 있었다.

"같이… 갑시다."

"덮고 출발하지."

제라르의 말이 떨어지자마자 아론은 다 타고 이제 시꺼먼 재만 남은 시체에 흙을 들이부었다.

살아남은 용병들 역시 말없이 그의 행동에 동참했다. 그 작업 역시 순식간에 끝이 났다.

"출발한다."

아론은 쉴 틈을 주지 않았다. 하지만 누구도 아론의 말에 토를 달지 않았다. 피 냄새가 진득하게 남아 있는 곳에 오래 남아 있어봐야 좋을 것이 하나도 없기 때문이다.

'그러고 보니 왜 몬스터들이 꼬이지 않지?'

제라르는 순간 짧은 의문이 들었다. 오크들과 용병들의 피 냄새가 사방 천지에 진동했다. 오크보다 하급의 몬스터든 상급의 몬스터든 피 냄새를 못 맡을 리 없지 않은가? 인간보다 수백, 수천 배에 달하는 후각을 가지고 있는 몬스터들인데 말이다.

지금도 그랬다. 이동하는 내내 어떤 몬스터도 볼 수 없었다. 험난하기 그지없는 숲길이다. 그런데 마치 평지를 가는 것 같은 이 느낌은 도대체 뭐란 말인가? 제라르는 슬쩍 앞에 가고 있는 용병들의 얼굴을 살폈다.

그들은 아직 지금의 상황을 깨닫지 못하고 있었다. 그저 앞 사람의 뒤꿈치만 쳐다보면서 걸음을 힘겹게 옮기고 있을 뿐이다. 사실 제라르 자신도 익스퍼트의 실력자가 아니었다면 저들과 다르지 않았을 것이다.

하급이기는 하지만 익스퍼트이기에 익스퍼트에 오르지 못한 용병들보다 수배는 빠른 회복력을 가지고 있다. 그래서 자신은 조금 더 여유가 있었다. 문득 가장 선두에 서서 용병들을 이끌고 있는 아론을 바라봤다.

'도무지 알 수 없군. 저런 사람이 있다는 말은 들어보지도 못했는데 말이야.'

행동 하나하나가 물 흐르듯 자연스럽다. 단박에 스무 명에 이르는 용병들을 휘어잡았다. 처음엔 자신을 두둔하는 사람도 있었지만 얼마 되지 않아 그런 이들까지 모두 그를 지지했다. 어느새 자신은 백인대장이 아닌 그저 용병의 일원이 되어 있었다.

"휴식!"

"끄으응!"

"후우~"

그에 용병들은 저마다 앓는 소리를 내며 자리에 퍼질러 앉았다. 아론은 잠시 그들의 상태를 살펴본 후 제라르에게 다가왔다.

"무슨 작전이었지?"

"무슨……."

"아무런 작전 계획도 없이 백인대를 회색의 숲으로 들이밀지는 않았을 테니까."

"그건……."

"말할 수 없나?"

아론의 말에 제라르는 슬쩍 옆을 둘러보았다. 주변에 아무도 없는 걸 확인한 그가 이내 목울대를 움직이며 나직하게 입을 열었다.

"회색의 숲을 중심으로 좌우로 보급 부대가 있다는 정보에 의해 좌측 보급 부대를 기습하려는 작전이었수."

"그런데 보급 부대는 없고 오히려 몬스터에게 기습을 당한 것이로군."

"그렇소."

"역정보에 당한 것인가?"

"그럴 가능성도 배제할 수는 없소만."

약간 썩은 표정으로 아론의 말에 답하는 제라르였다. 그런 제라르의 얼굴을 뚫어지게 바라보는 아론. 그에 제라르는 당황스러운 목소리로 물었다.

"왜 그러는 거요?"

"팽(烹)당한 거로군."

"팽?"

무슨 말인지 모르겠다는 듯 되묻는 제라르.

"버려진 것이란 말이지."

"그……."

아론의 말에 제라르의 얼굴이 순식간에 여러 번 변했다. 전혀 생각해 보지 않은 것은 아니다. 어떻게 예상되는 지점에 도착했는데 보급 부대는커녕 오크 군락지만 있었다. 순간 제라르는 누군가의 얼굴이 떠올랐다.

자신과 항상 사사건건 부딪치는 3백인대장 크루소와 5천인대장 대런 마이어였다.

'씨부랄 새끼들. 아무리 마음에 안 든다고 백 명을 사지로 몰아넣다니.'

일그러지는 제라르의 얼굴에 아론은 그럴 줄 알았다는 듯이 고개를 끄덕였다.

"어떻게 할 건가?"

"……."

여전히 말이 없는 제라르였다. 이대로 돌아간다면 아마도 자신은 책임을 면하기 어려울 것이다. 그들이 작정하고 자신을 몰아붙인다면 결국 자신은 죄인이 될 수밖에 없고, 즉결 처분을 당할지도 모른다.

1백 명에 가까운 용병들을 잃고 겨우 스무 명 남짓만 살아 돌아왔으니 말이다. 잘못된 정보나 작전쯤이야 그 둘이라면 충분히 조작할 수 있었다. 그렇게 되면 자신은 빼도 박도 못하고 꼼짝 없이 죽을 수밖에 없는 것이다.

"방법이 없는 것은 아니지."

"정말… 방법이 있수?"

"있지."

"그런데 말이우……."

"왜? 의심스럽나?"

끄덕.

제라르는 자신의 감정을 속이지 않았다. 솔직히 의심스럽지 않은가?

같은 만인대라고는 하지만 솔직히 안면도 없는 자신을 위해 도움을 줬다는 것이 말이다.

사실 아론은 제라르를 도와주려고 한 것이 아니었다. 그가 맥심을 살려주고 제라르와 그 일행을 구해준 그 근본에는 바로 백두산이 있었다.

'그를 끌어들일 수 있으면 끌어들여.'

'꼭 그럴 이유가 있나?'

'혼자보다는 둘이 나아. 그리고 어려움을 함께한 사람이 오래가는 법이기도 하고.'

'물론 그렇기는 하지만 그를 끌어들이지 않아도 별 상관이 없을 것 같은데 말이지.'

'그렇기는 하지만 쉽게 갈 수 있는 방법이 있는데 굳이 어렵게 갈 필요는 없지. 그리고 네가 이 세상에서 그 누구도 감히 어쩔 수 없는 무력을 가지게 되었다고는 하지만 다굴에는 장사 없는 법이고, 네 상대가 과연 한 명이 될지 네 명이 될지 모를 상황이라면 그를 끌어들이는 것이 옳다.'

'그건… 그렇군.'

'그리고 결정적으로 저 사람은 너에게 없는 것이 있지.'

'그게……'

'바로 사람을 끌어들이는 힘. 붙임성이 좋고, 부하들을 휘어잡을 줄 알지. 물론 너의 카리스마가 제라르보다 처진다는 것은 아니야. 하지만 그들을 융화시키는 것은 제라르보다 조금 모자라지.'

'그건… 인정하지 않을 수 없군.'

백두산의 말이 백번 옳았다. 자신은 제라르처럼 살갑지 못했다. 어쩌면 그래서 고립되고 미움을 받았는지도 모른다. 누구 말대로 곧 죽어도 쓸데없는 자존심이었다.

또한 자신은 태생적으로 말이 많은 타입이 아니었다. 말하기보다는 들어주는 타입이라 할 수 있었으니 용병처럼 괄괄한 세계나 누군가가 튀는 것을 싫어하는 귀족이나 기사들이라면 자존심이 강한 그를 좋아하기보다는 오해하기 딱 좋은 성격이었다.

실제로도 그랬다. 23년이라는 오랜 용병 생활 속에서 자신과 살갑게 대화한 사람이 과연 몇이나 될까? 사실 거의 없었다. 그는 스스로의 자격지심도 있었고, 결국 세상은 혼자 살아가는 것이라 생각했기 때문이다.

'이제는 달라져야 하지 않을까? 전승받은 힘을 잘 사용하겠다고 했으니 잘 사용하라고.'

'그래, 너는 언제나 옳군.'

'내가 옳은 것이 아니라 네가 문을 닫고, 생각을 닫고 산 것이다. 세상에 독불장군은 없다. 내가 저번에 이야기하지 않았는가? 만부부당(萬夫不當, 만 명의 남자가 덤벼도 당하지 못함)의 여포도 결국 세력이 없어 역사의 뒤안길로 사라졌다고 말이야.'

'그래, 들었지. 알았다.'

아론은 백두산과 끊임없이 의식을 교류하면서 실로 많은 것을 배우고 있었다. 실제로는 전승이겠으나 끊임없는 대화 속에서 지식을 전수받으니 백두산이 스승이고 자신은 제자였다. 그리고 점점 아론은 백두산의 가르침 속에 자신이 스며드는 것을 느꼈다.

결국 아론은 백두산의 의견에 따르기로 했다. 그래서 지금의 상황이 만들어진 것이기도 하다. 아론은 백두산의 몇 수 앞을 내다보는 의견에 동의한 것이다. 백두산이 아무리 옳다고 해도 아론이 행하지 않으면 그만인 일이다.

"알겠지만 일단 나는 일개 부조장에 있을 정도의 실력은 절대 아니지."

"그야……"

맞는 말이었다. 다른 이들이 그런 말을 했다면 미친놈이라고 했겠지만 이미 실력을 보았다. 그때 아론이 제라르의 옆에 털썩 주저앉았다.

움찔.

살짝 몸을 떠는 제라르.

"그냥 때로는 마음 가는 대로 하고 싶을 때가 있어. 변덕이라고 해도 상관없고."

"……"

아론의 말에 말없이 그를 빤히 쳐다보던 제라르가 입술을 일그러뜨리며 입을 열었다.

"솔직해집시다. 원하는게 뭐유?"

이번에는 아론이 제라르를 바라봤다. 그의 눈빛에 살짝 움찔하더니 어깨를 펴고 턱을 들어 보이는 제라르였다. 쉽지 않을 것이라는 무언의 도전이다. 그런 제라르를 보며 아론은 슬쩍 고개를 끄덕였다.

"공을 세우게 해주지. 어차피 어느 정도는 짐작했겠지만 나도 복귀하면 군령에서 그리 자유롭지 못하거든."

"서로 상부상조하자는 말이오?"

"그렇지. 나는 겨우 부조장이지만 너는 백인대장이니까 나보다 끗발이 있겠지."

"뭐… 그렇지만……."

사실 아론의 말이 맞았다. 어떤 방법일지는 모르지만 저렇게 확신하는 데는 연유가 있을 것이다. 게다가 자신에게 불리한 일도 아니다.

"그런데 말이우."

"묻고 싶은 게 있나?"

"고작해야 스물 중반으로밖에 안 보이는데 말이지."

나이를 묻는 것이다. 용병들은 그렇다. 안 되면 나이 앞세우고, 실력 앞세우고, 세력을 앞세운다. 뭐 용병만 그런 것도 아

니니 문제될 것은 아니지만 어쨌든 그것이 불만이라는 것은
분명했다.

"대충 대륙력 2975년생 쯤이다."

"허……"

아론의 말에 할 말이 없어진 제라르. 대부분의 용병은 자신
이 난 날을 모른다. 알면 용병질 안 한다는 우스갯소리가 있
을 정도이다. 그러니 용병들 사이에서 나이라는 것은 별 의미
가 없었다. 그럼에도 아론은 스스럼없이 대충 출생년도를 입
에 담았다.

"형님!"

그리고 제라르의 입에서 흘러나온 말.

아론은 당황하지 않았다.

"그래, 오늘은 여기서 머물 테니 준비해라."

"알겠수."

제라르로서는 선택의 여지가 없을 것이다. 영락없이 죽음
을 면치 못할 상태에서 그 죽음을 면할 방법을 알려주고 공
을 세울 수 있게 해주겠다는데 망설일 이유가 없잖은가?

그리고 그런 사람에게 잘 보여서 나쁠 것은 없었다.

'사람 살아가는 게 다 그렇지, 뭐. 3백인대장처럼 실력은 쥐
뿔도 없으면서 누군가를 시기하고 대원들의 공을 가로채는 것
도, 5천인대장처럼 상납금을 바라는 것도 아닌데 뭐 어떠냐.

그리고 솔직히 저런 대단한 실력자 한 명쯤 알아두는 게 신상에 이롭지.'

딴에는 그런 계산이 깔려 있는 '형님'이었다. 물론 아론이 그것을 모를 리 없었다. 어차피 이 회색의 숲을 벗어나는데 혼자보다는 여럿이 더 낫기 때문이다. 원래 과거의 자신이었다면 이런 제안도 하지 않았을 것이다.

맥심이라는 용병을 살려주지도 않았을 것이고, 다수의 오크들과 드잡이를 하는 용병들의 싸움에 끼어들지도 않았을 것이다. 왜냐하면 자신이 해결할 수 없는 일이기 때문이다. 단순히 정의감으로 나서기에는 자신의 목숨이 오히려 경각에 달릴 수 있었다.

익스퍼트에 오르지 못한 용병들의 삶이란 가늘고 길게, 그리고 조금은 비겁하게 사는 것이 정석이다. 약한 자에게는 있는 놈들처럼 으스대고 강한 자에게는 철저하게 허리를 숙이며 간이라도 빼줄 듯이 해야 한다.

그래야 오래 살아남을 수 있었다. 물론 아론 자신이 그렇게 살아왔다는 것은 아니다. 다만 가늘고 길게, 그리고 조금은 비겁하게 살아온 것은 사실이다. 힘이 없으니까. 그렇기에 열두 살에 용병을 시작해서 지금까지 살아온 것 아니겠는가?

하지만 지금은 조금 변했다.

'모든 것이 그때부터였지.'

아론이 생각하는 그때. 바로 자신이 죽음을 맞이하던 바로 그 순간이었다. 자신을 죽인 자, 아니, 자신의 의외의 일격에 죽음을 맞이한 자. 그자는 단순히 자신과 닮은 사람이 아닌 또 다른 자신이었다. 말도 안 되는 사실이지만 죽음에서 깨어난 후 알게 되었다.

자신이 죽인 자가 또 다른 차원의 자신이라는 것을 말이다. 이 세상에는 수없이 많은 차원이 존재했고, 그 차원 속에는 다양한 방법으로 살아가는 자신이 존재했으며, 그런 자신의 존재를 흡수하면 전 차원을 지배할 막강한 힘을 가지고 종내에는 신의 반열에 오를 수 있다는 믿을 수 없는 사실을 알게 되었다.

'솔직히 아직도 심정적으로나 정신적으로 전혀 이해가 되지는 않지만.'

아직도 이해되지는 않았다. 실감할 수 없으니까 말이다. 하지만 한 가지는 확실했다. 자신의 손에 의해 순간의 방심으로 죽음을 맞이한 그자가 남겨준 지식과 힘에 의해 자신이 다시 살아났다는 것은 말이다.

'그리고… 살아난 이후 나는 달라졌지.'

완벽하게 달라졌다. 이 세상에 없는 지식이 머리를 가득 채웠다.

'81차원 지구의 나, 901차원 타이탄의 나, 1203차원 워딘의

나. 그리고 그들에게, 혹은 나에게 흡수되어 버려 흔적조차 남기지 못하고 사라진 수없이 많은 나.'

자신의 몸속으로 흡수된 붉은색 구슬과 흰색의 구슬에는 수없이 많은 자신의 존재가 있었다. 하지만 대부분의 능력은 자신을 살려내는 데 사용되었고, 최종적으로 자신에게 흡수된 능력은 몇 개 되지 않았다.

'그런 대단한 인물이 방심을 하다니. 하긴 뭐 그럴 수도 있겠지. 태양이 밝아오기 바로 직전이 가장 위험하듯 그 또한 모든 것을 이루기 바로 직전, 가장 위험한 순간에 방심했으니까. 어찌 보면 천운이라 할 수 있지.'

천운도 그런 천운이 없었다. 어쩌면 평생 쓸 운을 그날 한꺼번에 다 쓴 것일지도 몰랐다. 하지만 자신에게는 여전히 운이 따라주고 있었다. 회색의 숲에서 용병들을 만난 것 자체가 운이 아니고 무엇이겠는가?

'우선은 천천히 적응해 나가는 것이 좋겠지.'

천천히, 아주 천천히 바꿔 나가면 된다. 급히 먹은 음식이 체하는 법이다. 그리고 과거에도 많이 봐왔다. 급격한 성장이 어떤 견제와 압박을 받는지 말이다. 급하게 서두를 이유가 없었다.

아론은 자신과 협상을 끝낸 제라르가 용병들을 다독이면서 하룻밤 묵을 공간을 만들고 있을 때 발걸음을 돌려 숲 속으로 걸어 들어갔다. 용병들과 거리가 어느 정도 벌어졌을 무렵 아론의 신형이 잔상을 남기면서 쭉 늘어났다.

그러다 종내에는 주변과 완벽하게 동화되어 그 모습을 찾기 어려울 정도가 되었다. 그가 모습을 감춘 바로 그때 한 마리의 거대한 뿔을 가진 엘큰이 모습을 드러냈다. 엘큰은 커다란 눈망울로 주변을 조심스럽게 훑어보더니 위험 요소가 없다는 것을 확인했는지 고개를 숙여 풀을 뜯었다.

숙!

그 순간 어두운 공간에서 아무런 기척도 없이 엘큰의 목 위로 떨어져 내리는 그림자가 있었다.

슈칵!

날카로운 소리가 들려왔다. 그리고 엘큰은 힘없이 무릎을 꿇고 무너져 내렸다. 어둠 속에서 떨어져 내린 존재는 다름 아닌 모습을 감춘 아론이었다. 그는 엘큰을 말없이 바라봤고, 그의 옆으로 공간의 일그러짐이 생성되었다.

아론이 손을 움직이자 그의 손을 따라 죽은 엘큰이 따라 움직이며 일그러진 공간 속으로 사라졌다. 그리고는 손을 한 번 슬쩍 휘저으니 주변을 감돌고 있던 혈향이 순식간에 사라져 버렸다.

"편하긴 하네."

의미 모를 말을 한 후 그는 다시 어둠 속으로 빠르게 동화

되었다.

*   *   *

"모, 몬스터닷!"

"어디?! 어디?!"

"비사앙! 비상!"

스무 명 남짓의 용병들이 편히 쉬고 있다 경계를 서던 용병의 외침에 부리나케 무기를 들고 나섰다. 그들이 도착했을 때어둠 속에서 거대한 뿔이 보였다.

"저게… 무슨 몬스터지?"

제라르가 물었다. 거대한 뿔이다. 마치 왕관과도 같은 거대한 뿔을 가진 몬스터처럼 보였다. 하지만 그런 몬스터는 들어본 적이 없었다.

"그, 글쎄요."

그의 곁에 착 달라붙어 있던 맥심이 입을 열었다. 이곳은몬스터들이 득시글거리는 회색의 숲이다. 자신들이 알지 못하는 새로운 몬스터가 나오지 말란 법은 없었다. 제라르가 손짓으로 좌우로 벌리라는 명령을 내리자 용병들이 충실하게 그명령을 따랐다.

제라르는 조심스럽게 걸음을 옮겼다. 몬스터가 눈치채지 못하도록 말이다. 지금 이 순간 자신을 돕는 것인지 바람마저도 마주 불어오고 있었다. 가까이 가면 갈수록 몬스터의 체구가 생각보다 작다는 것이 느껴졌다.

뭔가 이상하다는 생각이 들 때 익숙한 목소리가 들려왔다.

"무슨 일인가?"

"…형님이우?"

"그럼?"

"후와아!"

그에 한숨을 푹 내쉬는 제라르였다. 한순간에 긴장감이 풀리면서 전신의 힘이 쭈욱 빠져나가는 듯했다.

"이 야밤에 어딜 갔다 오는 거유?"

"굶을래?"

"그야 뭐……."

"받아라."

쿠웅!

그러면서 아론은 어깨에 메고 있던 엘큰을 툭 내려놓았다. 족히 5백 킬로그램은 될 듯했다. 그에 제라르가 눈을 홉떴다.

"어디서 잡은 거유? 피 냄새는? 몬스터는?"

숨도 쉬지 않고 물어보는 제라르였다. 그의 물음에 아론은 그저 어깨를 으쓱해 보이며 그의 곁을 지나칠 뿐이었다. 그에 인상을 찡그리며 제라르가 투덜거렸다.

"거참, 그 양반 성격 하고는. 말 좀 해주면 어디 덧나는가? 에효!"

그러면서 그의 시선은 이미 전혀 무게감이 없다는 듯이 툭 던져 놓은 엘큰을 바라보고 있었다. 자신도 모르게 침이 고였다.

"고놈 참 실허네. 애들아!"

매복한 채 공격을 준비하고 있던 용병들을 불렀다. 그에 용병들이 매복을 풀고 앞으로 나섰다. 그들도 보고 들어서 알고 있었다. 하지만 제라르가 나서라는 말을 안 하니 계속 매복하고 있었을 뿐이다.

"포식 한번 해보자."

제라르의 말에 용병들의 얼굴에 화색이 돌았다. 도대체 며칠 만에 먹는 고기인지 모른다. 스무 명이라고는 하지만 아론이 잡아온 엘큰은 스무 명이 충분히 먹고도 남을 양이다.

용병들은 소란스럽지 않게 엘큰을 요리하기 시작했다. 될 수 있으면 냄새가 퍼져 나가지 않도록 주의에 주의를 기울였고, 연기가 나지 않는 싸리나무를 이용했다.

그나마 이곳이 개활지가 아니라 숲 속이고 교묘하게 가려져 있는 동굴이기에 망정이지 그렇지 않았다면 불조차 피우지 못해 생고기를 먹을 뻔했다.

게걸스럽게 엘큰을 먹고 있는 용병들을 바라보며 제라르가 아론의 곁으로 다가왔다.

"형님은 다 드셨소?"

"대충."

여전히 말을 아끼는 아론이다. 이제는 그런 아론의 성격을 이미 다 파악했다는 듯이 피식 웃고는 자신의 용건을 꺼내는 제라르였다.

"아까 한 말 있잖소."

"……."

말해보라는 듯이 나뭇가지 하나를 들어 불을 이리저리 쑤시는 아론이다.

"거… 공을 세우게 해주겠다는 말 말이오."

"그랬지."

"어떤 공이오?"

"알고 싶나?"

"알고 싶소."

"별로 어렵지는 않아."

진짜 별로 어렵지 않다는 듯이 말을 하는 아론의 모습에 제라르는 정말 그런 공이 있을까 하는 생각이 들었다. 그는 말없이 아론의 입이 열리기를 기다렸다.

"회색의 숲 중앙에 바위산이 하나 있다."

아론의 말에 제라르는 무슨 말도 안 되는 소리를 하느냐는 듯이 입을 열었다.

"거 무슨… 시베리아 제국은 회색 숲 부근에서 남하를 멈춘 거 아니우?"

"너희들 시베리아 제국의 비밀 보급 기지를 확인하기 위해 작전을 펼친 것 아니었나?"

"그렇긴 하우만……."

"어디라고 했지?"

"그건……."

말을 흐리는 제라르. 생각해 보니 작전 지역의 정확한 위치를 전달 받지 못했다. 단지 회색의 숲 어딘가에 있을지 모른다는 첩보를 확인하기 위해 자신들을 파견했다. 제라르는 그저 회색의 숲 외곽 지역만 돌면 괜찮지 않을까 생각했다.

그러다 몬스터들과 조우해서 도망치다 어찌어찌해서 외곽에서 벗어나 이곳까지 오게 되었고, 위험지역까지 들어서게 된 것이었다. 기실 자신들이 이렇게 깊숙하게 들어온 줄도 몰랐다. 도망치느라 바빴으니까 말이다.

"봤수?"

"거길 지나쳐 왔으니까."

"……."

지나쳐 왔다는 아론의 말에 의심의 눈초리가 된 제라르다. 하지만 아론은 그런 것은 별로 신경 쓰지 않는다는 듯 다시 말을 이었다.

"아직 목책이 완성되지 않았어. 그리고 그 주변에는 바질리스크 둥지가 몇 개 있거든."

"바질리스크는… 사막에 사는 몬스터 아니우?"

"포레스트 바질리스크야."

"그건 또 어떻게 아는 거유?"

"몇 마리 잡았으니까."

"그걸… 잡았다고? 바질리스크가 무슨 동네 똥개도 아니고……."

"석화 브레스만 잘 피하면 비만 똥개쯤 되지."

"아니 그게……."

"여하튼 그놈들을 아직 제대로 설치 안 된 목책을 향해 몰이하면 돼."

"…그게 쉬운 일이유?"

"그럼 어렵냐? 소리만 지르면 되는데?"

"……."

아론의 말에 할 말을 잃은 듯 그저 아론을 멍하게 바라보는 제라르였다. 소리 지른다고 자신들이 원하는 방향으로 달려나갈 바질리스크가 대체 어디 있단 말인가?

사막 바질리스크나 포레스트 바질리스크나 어차피 똑같은 바질리스크 아닌가?

바질리스크는 중형 몬스터다. 석화 브레스라면 오거조차도 옴짝달싹 못 하게 할 수 있을 정도로 막강했고, 여섯 개의 발로 달리기 시작하면 익스퍼트 최상급의 기사라도 홀로 감당할 수 없을 정도의 막강한 중형 몬스터이다.

그런 몬스터를 똥개 취급하고 있는 아론의 말에 어이없을 수밖에 없었다.

"그게 말이 되는 소리유?"

"말이 아니면?"

"…진심인 거유?"

"농담으로 보이나?"

"그건……."

"날 믿는다면 따라와라."

"……."

아론의 말에 복잡한 심사를 내비치는 눈으로 그를 바라보는 제라르. 용병을 믿는다? 그것도 만난 지 하루도 안 된 용병을? 차라리 심장을 꺼내 가져다 바치라는 말과 같았다. 자신도 용병이지만 용병은 믿을 게 못 된다.

물론 오랜 시간 호흡을 맞추고 함께했다면 가능할 법도 하다. 용병들에게 있어서 형님, 동생은 그저 친밀함을 나타내거나 과시하기 위해서, 혹은 바라는 것이 있을 때나 사용하는 범용적인 단어일 뿐이다.

그런데 자신을 믿으라고?

'믿으라고? 뭘 보고? 그래, 확실히 실력은 대단하다. 어쩌면 최상급일지도 모르고 말이지. 하지만 그것 외에는?'

그러다 문득 그가 자리를 비웠을 때 맥심과 한 이야기가 떠올랐다.

'아무런 조건 없이 상급 포션을 줬다고 했지?'

하지만 그것도 믿을 바가 못 되었다. 자신이 아는 맥심은 허풍이 심하고 약간의 비겁함이 함께 공존하는 사람이니까 말이다. 자신에게 유리하게 해석하는 면이 없지 않아 있었다. 그래서 곧이곧대로 그의 말을 믿을 수 없었다.

무리의 장이 부하를 믿지 않으면 대체 어떻게 지휘를 하느냐고 묻는다면 믿을 사람을 믿는 것이지 모두를 믿는 것은 아니라고 답할 것이다.

'하지만 지금은 방법이 없지.'

이곳을 벗어나기 위해서는 방법이 없었다. 분명 아론은 자신을 비롯한 스무 명을 이끌고 이 지긋지긋한 회색의 숲을 벗어날 실력이 있었다. 그것은 오크들과 드잡이를 하고 교묘하게 가려진 이 동굴을 발견할 때까지의 여정에서 확실하게 느끼고 있었다.

'단 한 번도 몬스터와 조우한 적이 없다.'

몬스터 천지인 곳에서 몬스터와 단 한 번도 조우한 적 없다는 것은 자신들을 안내한 아론의 실력이 그만큼 출중하다는 것을 의미한다.

'들은 적 있지. 상급 정도 되면 마나를 퍼뜨려 주변을 마치 손바닥처럼 들여다볼 수 있다고 말이야. 그리고 기세라는 것이 있어 강자임을 드러내 몬스터들이 접근하는 것을 막는 방법도 말이야. 그럼……'

결심이 섰다.

"알겠수. 우리가 할 일이 뭐유?"

"유인은 내가 한다."

"하면……"

"중앙의 보급기지에 있는 병사들을 끌어내야지."

"스무 명으로 말이오?"

"이곳은 숲이지."

"그렇긴 한데……"

"싸우라고 안 했다. 유인하라고 했지."

"그야 그렇지만……"

"그 후 내가 지정한 곳에서 대기하면 된다."

"그것으로 끝이오?"

"적어도 적의 군사 기밀이 담긴 문서 정도는 획득해야 하지 않겠나?"

"그러면 좋겠지만……"

"그래야 공이라고 할 수 있지. 밝힐 수도 없는 적 병력을 얼마쯤 죽였다고 공이라고 할 수는 없지. 그 정도는 얼마든지 부정할 수 있으니까 말이지."

"그도 그렇수만……."

"싫으면 말고."

그렇게 말하고 훌떡 누워버리는 아론이었다. 그런 아론을 착잡한 시선으로 바라보는 제라르.

믿을 수도 믿지 않을 수도 없었다. 살기 위해서는 그를 따라야 했고, 용병이기에, 그리고 그 가진 바 실력에 비해 이해할 수 없을 정도로 강한 무력 또한 의심스럽기 그지없었다.

'에라이! 한 번 죽지 두 번 죽냐? 그냥 가자.'

결국 제풀에 지쳐 버린 제라르.

"하겠수."

"그래, 그럼 쉬어둬."

그러면서 눈을 감아버리는 아론과 그런 아론을 멀뚱히 바라보는 제라르.

그는 고개를 살짝 저은 후 자리를 벗어났다.

자리를 벗어난 제라르에게 맥심이 다가왔다.

"무슨 말을 그리 오래 한 거요?"

"작전 계획이지."

"이곳을 벗어나는 것이 아니고 말이오?"

"이곳을 벗어나면? 그 후에는?"

"그야……."

뻔하다. 질책을 받을 것이다. 겨우 조장 자리를 유지하고 있었는데 조장 자리도 잃을 것이고, 백인대 자체가 사라질지도 몰랐다.

'어쩌면 일당이 깎일 수도 있을 것이고.'

이미 일당 중 어느 정도는 조장이나 오십 조장, 혹은 백인대장에게 상납하는 것이 일반화된 상황이다. 그나마 제라르 백인대장은 그런 상납은 받지 않았다. 그런 면에서 다른 백인대보다 훨씬 돈 모으기가 쉬운 5백인대였다.

"그리고 말이야, 그가 아니고서 이 회색의 숲을 벗어날 자신은 있고?"

"그야 뭐……."

말을 흐리는 맥심.

솔직히 자신 없었다. 1백 명에 달하는 백인대로도 벗어나지 못한 회색의 숲이었다. 그나마 회색의 숲 중심부가 아니어서 회색 오크를 만나지 않아 다행이라면 다행이다.

일반적인 오크보다 배는 크고 호전적인 회색 오크는 세 마리면 오거와도 맞상대한다 할 정도로 과격한 몬스터였다. 아마도 이 회색의 숲 전체적으로 봤을 때 회색 오크와 바질리스크가 가장 강력한 무리가 아닐까 싶었다.

"딴 생각 말고 작전에 집중해."

"아, 예. 뭐……."

"머리 굴리지 말란 말이다. 머리 굴리는 것도 살아야 가능한 일이니까."

"뭐 그렇기는 하지만……."

"그리고 하나 더 경고하는데 이곳을 벗어나게 되면 상황을 조작할 생각은 마라."

"아니, 내가 언제……."

"넌 내 휘하에 있어. 조원이라면 몰라도 조장 정도의 성향은 다 꿰고 있다 이 말이지. 네놈이 조원들에게 정기적으로 상납받은 것도 그 액수가 별로 크지 않아서 눈감아주긴 했다만 그 알량한 위세를 믿고 계속 혓바닥 굴리면 죽는 수가 있다."

제라르는 살아남은 스무 명의 용병 중 가장 혀가 간사한 맥심에게 단단히 일러뒀다. 맥심 역시 백인대장이 그런 말을 하자 자라목이 되어 움츠릴 수밖에 없었다. 이미 자신이 한 짓거리를 다 아는 판국에 조용히 그의 말을 듣지 않으면 안 되었다.

'나 원 참. 다른 백인대장은 더 받지 못해서 안달이구만. 그리고 솔직히 나만 그러냐고? 다들 하는 건데 말이지.'

불만이 없는 것은 아니지만 제라르가 있는 5백인대에서는 그것이 허용되지 않으니 자신은 죄인이나 다름없었다. 그러니 입을 꾹 닫을 수밖에 없었다. 그리고 용병들의 눈초리를 보니 자신의 그런 행태를 다 알고 있다는 듯한 눈초리이니 몸조심 해야 했다.

기실 조장은 그저 조금 더 경력이 있는 사람으로 뽑아 앉히는 것이 다반사다. 익스퍼트 하급 정도는 백인대장부터니까 말이다. 그러니 일반 조원들이 작정하고 덤빈다면 맥심도 결국 당할 수밖에 없었다.

본진이었다면 이런 걱정을 하지 않아도 되지만 이곳은 본진이 아니라 회색의 숲이다. 자기 자신 하나 죽이고 묻어도 뭐라 할 사람이 아무도 없었다. 그저 그런가 보다 하는 것이지. 그리고 지금 백 명 중 스무 명만 남았으니 거기에 한 명 더 추가된다고 해도 어색할 것은 하나도 없는 일이었다.

"내 말이 무슨 말인지 잘 알아들었지?"

"알았소."

"한 번 더 말하지만 본진에 합류해도 적용되는 말이야."

"알았다잖소."

"그래? 그럼 가서 쉬어. 내일은 조금 힘들 테니까."

"알았소."

어깨를 축 늘어뜨린 채 걸어가는 맥심의 뒷모습을 바라보면서 제라르는 나직하게 한숨을 쉬며 고개를 저었다. 이제 정리가 끝났다. 단단하게 일러두었으니 경거망동은 하지 않을 것이다. 다만 문제라면 과연 아론이 계획한 대로 진행되느냐 하는 것이었다.

＊　　　＊　　　＊

쐐에엑!

몇 개의 날카로운 파공음이 들려왔다.

"컥!"

몇 명의 병사가 피분수를 쏟아내며 목을 감싸고 쓰러졌다.

때대대댕!

"적이다아!"

"적습이다!"

"비사앙! 비사앙!"

순간 목책으로 사방을 감싸고 있던 조용한 요새에서 요란한 소리가 흘러나왔다. 그 중심에는 검은색 바탕에 검붉은색의 두 마리 뱀이 똬리를 틀고 서로를 향해 독아를 내밀고 있는 깃발이 나부끼고 있었다.

바로 시베리아 제국의 남부 진공군의 인대장기였다. 그 인대장기가 걸려 있는 막사에서 유달리 하얀 피부에 맞지 않게 험상궂은 인상의 귀족이 튀어나왔다.

"기습?"

"그렇습니다."

"인원은?"

"갑작스러운 기습인지라 아직입니다."

"준비는?"

"이미 세 개의 방향으로 3개 백인대가 출발했습니다."

"좋다, 개척한 지점 밖으로는 나가지 말도록 하라."

"명!"

얼굴이 험상궂을 뿐 그 지모는 그리 간단치 않은 모양이다. 그러하기에 이 험악한 회색의 숲을 개척하고 그 중앙에 보급 기지를 세울 생각을 한 것일 게다. 그는 헬름을 옆구리에 끼운 채 전망대 위로 올랐다.

무려 20미터 높이로 회색의 숲 전체를 관망할 수 있을 정도였다. 전망대는 그 하나만 있는 것이 아니었다. 요새 전체에 빙 둘러 있었고, 전망대와 전망대 사이를 구름다리를 만들어 연결하고 있었다.

순식간에 3백 명의 병사가 빠져나갔다. 그럼에도 요새에 남은 병사는 적어도 5천은 되었다. 말이 요새지 5천을 수용할 정도면 이미 나무로 만든 성이라고 해도 과언이 아닐 것이다.

험상궂은 귀족이 가장 높은 전망대에 오른 그 순간 또 다른 비상종이 울리기 시작했다.

"이것은……."

"몬스터입니다."

"어떤?"

"바질리스크입니다."

"뭐라? 바질리스크? 바질리스크의 둥지는 이곳에서 한참 떨어져 있을 터인데?"

의문이 깃든 귀족의 독백이다. 사막 바질리스크와 달리 숲 바질리스크는 일정 영역을 두고 영역을 침범하지 않으면 절대 먼저 움직이지 않는 몬스터였다. 그런데 그런 바질리스크가 움직이고 있었다.

"몇 마린가?"

"열은 넘을 듯합니다."

"그게 무슨……."

있을 수 없는 일이었다. 바질리스크가 집단으로 공격해 오다니 말이다.

두두두둑! 우찌끈! 쿠구궁!

어찌나 빠르게 움직이는지 멀리서 보기에도 아름드리나무가 통째로 박살 나 무너지고 있었다. 너무 빨랐다.

'저건 공격이 아니다. 무언가에… 쫓기는 거다. 도대체 누가?'

귀족의 얼굴이 딱딱하게 굳었다.

"병력을 동북 방향으로 집중시키고, 방패병을 전면에 배치시키고, 기사들을 좌우에 배치시키도록."

"명!"

'문제는 바질리스크가 아니다. 바질리스크를 놀라게 한 자, 아니, 몬스터?'

상상할 수 없었다. 갑자기 회색 오크가 바질리스크와 영역 전쟁을 할 이유가 없었다. 아직 시기가 아니었다. 또한 오거라고 볼 수도 없었다. 바질리스크 열이면 오거조차도 간단치 않은 노릇이니까 말이다.

'일단 바질리스크가 먼저이다. 하지만 참으로 공교롭군. 적의 기습이 있을 때 바질리스크의 공격이라니.'

무언가 께름칙했다. 둘의 공격이 의도된 것이라고 하기에는 너무 억측이라고 할 수 있었다. 마스터쯤 된다면 바질리스크 열 마리쯤은 저렇게 몰아세울지 모르겠지만 적어도 자신이 아는 제이니스 제국의 마스터는 이런 숲에서 활동할 여건이 못 된다.

'기우겠지.'

그저 그렇게 치부했다. 그러기에 당장의 상황에 집중해야 했다. 기습이라고 했지만 기습이라는 것이 많은 병력으로 치는 것은 기습의 묘리를 살릴 수 없었다. 그러니 삼백의 병사면 충분할 것 같았다.

자신의 의문을 기우라 치부하고 귀족은 곧바로 현 상황에 집중하기 시작했다. 하지만 그는 꿈에도 모르고 있었다. 그가 바라보지 않은 까마득한 하늘 위로 하나의 점이 맺혀 있는 것을 말이다.

CHAPTER 3
추적

　아쉽게도 기습을 한 제이니스 제국의 병력은 놓쳤다. 그들에게 입은 피해는 극히 경미했다. 겨우 열 명 이내의 사망자와 다섯이 넘지 않은 중경상자가 나왔을 뿐이다. 그리고 바질리스크 문제도 역시 어렵지 않게 해결되었다.

　빠르게 대응한 덕택을 톡톡히 본 것이다. 하지만 한 가지 미심쩍은 것은 아름드리나무를 박살 내면서 돌진해 오던 바질리스크가 어느 순간 태도가 돌변해 도망간 것이다.

　그 와중에 한 명의 기사가 다치고 열이 넘는 병사가 죽거나 다쳤지만 열 마리의 바질리스크를 막아낸 것치고는 피해가 전혀 없다고 할 수 있었다.

그에 중앙 보급기지를 담당하고 있는 205보급 부대의 만인대장 시트로엥 백작은 안도의 한숨을 쉬면서도 도저히 이해할 수 없는 상황에 대해 고민하지 않을 수 없었다. 보통의 귀족이라면 결코 이런 고민조차 하지 않을 것이다.

하나 회색의 숲을 개척하고 그 중앙에 보급 부대를 두는 것 자체를 입안한 그였기에 고민이 될 수밖에 없었다.

회색의 숲 중앙과 본국이 연결되는 좌측의 보급 부대는 그야말로 천혜의 요새라 할 수 있었다.

지천으로 깔린 몬스터와 개척되지 않은 숲으로 인해 그 자체가 방어막이 되어주고 있었기 때문이다. 그런데 적이 어떻게 알고 보급 부대를 급습했단 말인가? 그리고 그 의심쩍은 바질리스크는 또 뭐란 말인가?

한참을 고민해도 답이 나오지 않았다. 그에 시트로엥 백작은 고개를 절레절레 저으며 특수 금고로 향했다. 그곳에는 각종 작전 명령서와 함께 보급 부대의 이동 경로에 대한 계획이 들어 있었다.

딸깍!

금고가 열렸다. 그리고 시트로엥 백작은 그대로 얼어붙었다.

'없다!'

아무것도 없었다. 원래는 작전 명령서가 하달되면 작전 명령을 충분히 숙지한 후 파기해야 함에도 불구하고 만일을 대비해 모아둔 작전 명령서와 앞으로 진행되어야 할 보급 작전에 대해 작성되거나 하달된 작전 명령서가 모두 사라졌다.

"부, 부관! 부과안!"

그는 부관을 불렀다. 그에 다급하게 뛰어 들어오는 부관.

"부르셨습니까?"

급히 들어오는 부관을 본 시트로엥 백작은 턱짓으로 문을 닫으라는 신호를 보냈다. 그에 부관은 결코 간단치 않은 일이 발생했음을 느끼고 호흡을 가다듬으며 조심스럽게 문을 닫았다. 그리고 시트로엥 백작에게 시선을 옮기는 순간.

부관의 얼굴이 새하얗게 변하며 그대로 굳어갔다.

*   *   *

"후악! 후악!"

거친 숨을 몰아쉬던 제라르는 숨을 가다듬고 무심하게 물었다.

"얼마나 살았어?"

"후욱! 다친 사람은 없수."

"그래? 그럼 다행이고. 쉬지 말고 바로 출발."

작전을 실행하기 전 아론에게 들은 장소로 이동해야 했다.

확실히 그의 말대로 했더니 적의 추적을 뿌리칠 수 있었다. 함께 움직이는 것이 아니라 몇 개의 방향으로 흩어져 철수했으며, 중간중간 피를 뿌려 야생동물과 몬스터를 불러들인 효과였다.

'이제는 인정하지 않을 수가 없군.'

인정할 건 인정해야 했다. 육체적으로는 조금 힘들지 몰라도 확실히 통하는 방법이었다. 숲에서는 그 숲만이 가지는 특성을 이용해야 했다. 게다가 아군의 수는 적고 적의 수는 많으니 말이다.

타격은 전혀 입히지 못했다. 고작해야 몇 명 죽이는 것으로 끝이었다. 하지만 보고되고 확실하다 여겨진 우측의 보급 부대가 없음을 확인했고, 중앙 보급 부대의 위치를 정확하게 알아낼 수 있었다.

이것만으로도 소기의 목적을 달성한 것이다. 대원들을 잃은 명분도 살릴 수 있었다. 다만 그가 말한 공이라는 것이 대체 뭔지는 알 수 없었다. 그의 작전대로 행하기는 했는데 좀처럼 감이 오지 않았다.

물론 살짝 비추기는 했다. 작전 명령서 탈취이다. 그런데 그 삼엄한 경계를 뚫고 대체 어떻게 작전 명령서를 탈취한단 말인가? 그리고 탈취한다고 해도 문제였다. 그들이 그 탈취된 작전 명령서대로 행할 것이냐 하는 것이다.

상식적으로 생각하면 곧바로 작전을 변경해야 하는 것이 옳았다. 하지만 느낌상 그는 결코 작전 명령서만 탈취할 목적이 아닌 듯했다.

'보급 부대 위치나 병력 전개에 대한 문건이면 대단한 것이긴 한데……'

생각은 그랬지만 가능성은 희박했다.

'뭐 상관없겠지. 이 정도만 해도 충분히 공을 세운 것이나 다름없으니까. 이제는 어떻게 복귀하느냐가 중요하다.'

그런 생각을 하며 사전에 논의된 지점에 도착했을 때 그는 아론이 이미 와서 기다리고 있는 모습을 볼 수 있었다.

"늦었군."

"숲이 의외로 험합디다."

"바로 출발하지."

"숨 좀 돌립시다."

제라르의 말에 아론은 제라르에게 양피지 하나를 보여줬다. 그에 제라르의 눈동자가 찢어질 듯 부릅 떠졌다.

"이건……."

"너라면 가만히 있겠나?"

"젠장! 출발!"

지체할 시간이 없었다. 사본도 아니고 정본이었다. 그냥 통째로 들고 온 것이 분명했다. 그렇다는 것은 시간이 얼마 없다는 것을 의미했다. 멍청한 지휘관이 아니라면 수색을 실시할 터이다.

그리고 회색의 숲 중앙에 보급 부대를 둘 정도라면 자신들보다 더 회색의 숲에 대해 잘 알고 있다고 봐도 무방하기 때문이다.

"좀 쉬었다 갑시다."

"죽고 싶으면 쉬어."

"아니, 그… 젠장! 갑시다, 가!"

제라르의 명령에 불만을 토하던 용병은 그의 날카로운 말에 어깨를 으쓱하며 따라나설 수밖에 없었다. 아무리 인원이 줄었다고는 하지만 그는 여전히 5백인대장이었다. 언감생심 엉겨 붙을 수는 없었다.

아론이 가장 선두에 섰다.

"제라르, 네가 맨 후미다."

"알았수."

지금 여기서 가장 강력한 아론이 가장 선두에서 길을 개척했다. 그리고 두 번째로 강한 제라르가 맨 후미에 섰다. 후미라고 해서 간단한 일은 아니었다. 후미에 선 자는 낙오하는 용병들을 챙겨야 하는 것은 물론 흔적을 지워야만 했다.

절대 백인대장 정도가 맡을 임무는 아니었다. 하지만 지금은 해야만 했다. 살기 위해서 말이다. 그들은 빠르게 움직여 나갔다. 그리고 아론의 예측대로 얼마의 시간이 지나지 않아 일단의 병력이 그들이 있던 곳에 나타났다.

가장 선두에 서 있던 병사 한 명이 조심스럽게 입을 열었다.

"이곳에서 잠깐 휴식을 취한 것 같습니다."

"인원은?"

"스물한 명입니다."

여기저기 어지럽게 찍힌 발자국과 뭉그러진 나뭇잎, 풀잎을 보고 판단하기에는 쉽지 않은 일이었지만 추적에 특화된 병사는 단번에 인원수까지 파악해 냈다.

"시간은?"

그에 인원을 추정해 낸 병사는 발자국의 깊이와 마른 정도, 꺾이고 시든 나뭇잎과 풀잎의 수액이 마른 정도를 측정하고 말했다.

"세 시간에서 네 시간 사이입니다."

"방향은?"

"12시 방향입니다."

"12시 방향?"

의문을 표하는 자의 얼굴 왼쪽에 굵은 검상이 있어 사나워 보이는 얼굴로 그의 회색 눈동자에 잠시 의문이 깃들었다.

'12시 방향이면 아그리파 왕국 쪽인데……'

아그리파 왕국. 현재 시베리아 제국과 제이니스 제국 간에 전쟁이 이어지고 있는 이 상황에서 그들은 엄정한 중립을 고수하고 있었다. 다른 왕국 역시 마찬가지였다. 남의 료스알브 왕국이나 서의 아메리고 제국 모두 마찬가지였다.

물론 이 상황은 제이니스 제국의 외교의 승리라 할 수 있었다. 그 이전 아그리파 왕국이나 아메리고 제국, 혹은 료스알브 왕국 모두 제이니스 제국과 우호적인 관계였다. 물론 그런 중립적인 위치를 고수하게 하기 위해 제이니스 제국은 상당히 많은 출혈이 있었다.

'아닌데… 그들이 아그리파 왕국으로 갈 이유는 없지. 그러면 왜?'

도무지 알 수 없었다.

"지도!"

그의 말에 곁에 있던 기사가 품에서 둘둘 말린 양피지를 펼쳤다. 그에 회색 눈동자의 사내 시선이 세심하게 양피지의 지도를 훑었다. 그리고 한 지점에서 눈빛을 반짝였다.

그가 지도상에 보고 있는 것은 기이하게 휘어진 한 등성이였다. 마치 사람의 척추를 연결해 놓은 것처럼 끊어질 듯하면서도 끊어지지 않고 계속 원을 그리며 결국은 제이니스 제국으로 휘어져 들어가는 산등성이.

"이곳이군."

"거긴……."

기사도 익히 알고 있는 곳이다. 회색의 숲을 둥글게 감싸고 있는 척추와도 같은 곳. 바로 회색 숲의 등뼈라고 알려진 스파인 산이었다. 하지만 스파인 산은 회색의 숲 절대 강자로 군림하고 있는 회색 오크가 살아가는 곳이다.

무슨 이유에선지 회색 오크는 스파인 산을 벗어나지 않았다. 다만 누군가가 스파인 산을 침입하면 악착같이 따라붙어 반드시 보복했다. 그래서 중앙에 보급기지를 두고 있음에도 불구하고 스파인 산은 절대 발을 디뎌서는 안 될 곳으로 남겨두고 있었다.

중형 몬스터인 바질리스크조차 스파인 산은 자신들의 영역이 아닌 회색 오크의 영역으로 인정하고 있었다.

"머리를 썼군."

"그곳이라면 추적이 불가능합니다."

기사의 말에 사내의 얼굴이 흉측하게 일그러졌다.

"그들도 회색 오크의 악명을 안다면 스파인 산으로 가지는 않았을 것이다."

"하면……."

"경계 지점이겠지."

"경계 지점이라 해도 만만치 않습니다. 그 경계 지점에 다수의 바질리스크 둥지가 존재합니다."

"그래서… 무섭나?"

"그건……."

"무섭지 않다면 12시 방향으로 그들을 추적한다."

"…알겠습니다."

결국 명에 따를 수밖에 없었다. 사내의 얼굴이 기괴하게 일그러지며 꿈틀거렸다. 그의 눈동자가 살기로 번들거리며 12시 방향을 바라보고 있었다. 이윽고 그들 역시 빠르게 아론이 이동한 방향으로 이동하게 시작했다.

멈칫!

아론은 잠시 자리에 섰다. 자연적으로 그를 따르던 용병들역시 멈춰 설 수밖에 없었다. 그들의 얼굴은 피곤에 절어 있었다. 기습을 하고 험난한 숲을 헤집고 다녔다. 잠시의 쉴 틈도 없이 가장 험난한 곳으로 이동했으니 당연하다고 할 수 있었다.

"무슨 일이우?"

"꼬리가 붙었어."

"꼬리? 이런."

아론의 말에 제라르가 얼굴을 찡그렸다. 그러다 그 역시 용병들을 바라봤다. 지친 기색이 역력하다. 이 상황에서 보급부대에서 출발한 추격대가 따라붙는다면 쉽지 않을 탈출이 될 것이다.

"땅을 파."

"예?"

"정사각형으로 파. 깊이는 허리만큼, 넓이는 가로 1미터, 세로 1미터, 간격은 10미터, 형태는 반원형으로."

"들었지?"

제라르가 용병들에게 외쳤다. 그에 엉거주춤하는 용병들.

"죽기 싫으면 빨리!"

아론의 외침에 그제야 움직이기 시작했다. 숲이라서인지 땅을 파는 것은 어렵지 않았다. 다들 용병이다 보니 이런 일 정도는 그리 어렵지 않았기에 얼마 지나지 않아 몇 개의 구덩이가 파였고, 다시 아론의 목소리가 흘러나왔다.

"흙을 주변으로 흐트러뜨리고 낙엽과 나무로 위장한다. 또한 나무를 엮어 구덩이를 위장할 뚜껑을 만든다."

바로 움직였다. 대충 무슨 뜻인지 알 것 같다는 표정이다. 순식간에 모든 것이 완성되었다.

"2인 1조로 구덩이에 들어가 매복한다."

말은 필요 없었다. 용병들은 곧바로 구덩이 속으로 들어갔고, 마지막으로 남은 것은 아론과 제라르였다. 그들은 감쪽같이 마무리 작업을 했다. 자세히 보지 않으면 절대 발견할 수 없을 정도로 철저하게 위장한 둘은 곧바로 움직였다.

턱!

같이 움직이다 아론이 제라르를 제지했다.

"왜?"

"여기 남아서 저들을 지휘해."

"나 없어도 잘할 거유."

아론의 말에 흘깃 뒤를 바라보던 제라르가 따라가겠다는 듯이 입을 열었다.

"익스퍼트라고는 하지만 오러 포스를 유지하는 시간이 고작 10분이야."

"10분이면 몇 놈의 목을 가볍게 딸 수 있수."

"그렇겠지. 하지만 몇 놈이 문제가 아니야."

"……."

아론의 말에 불만스러운 듯 그를 바라보는 제라르였다.

"오는 놈들 중 익스퍼트가 최소 다섯 명이야."

"그걸……."

"설명할 시간이 없어. 너 아니면 여길 지휘할 사람이 없어. 그리고 만약 내가 세 시간 이내에 오지 않으면 네가 지휘해서 여길 벗어나. 경계선을 따라가면 그리 어렵지는 않을 거야. 바질리스크와 회색 오크의 완충지대 같은 곳이니까."

"…살아 오시우."

그 말을 하고 훌쩍 돌아서 버리는 제라르였다. 이쯤 되면 감동할 만도 했다. 자신의 목숨을 버려가며 스물의 생명을 구하겠다는 말이다. 코끝이 시큰해지는 제라르였다.

'염병⋯⋯.'

자신의 나약함이 싫었다. 회색의 숲에 들어오기 전까지 그는 자신이 약하다는 생각은 하지 않았다. 겨우 10분밖에 되지 않는 오러 포스였지만 자신은 익스퍼트의 용병이었다. 하지만 지금은 자신이 한없이 나약해 보였다.

'살아 돌아오시우. 그럼 그땐 진짜로 형님으로 모시겠수.'

이 정도면 진짜 형님으로 모실 만했다. 실력 있는 용병 중 이렇듯 용병을 챙겨주는 사람이 몇이나 있을까? 자신의 목숨을 버려가면서 말이다. 그러니 코끝이 시큰해질 수밖에 없었다. 어쨌든 제라르 역시 어느 정도 엄폐한 용병들과 거리를 둔 채 은신에 들어갔다.

그 모든 것을 확인한 아론은 빠르게 오던 길을 되짚어갔다.

그의 움직임은 마치 블링크를 하는 것 같았다. 몇 십 미터씩 쭉쭉 뻗어 나가고 있었다. 그러다 어느 순간 완전히 자취를 감춰 버렸다.

*　　　　*　　　　*

"정지!"

추격하던 추격병 바로 뒤에서 따르던 검상의 사내가 입을 열어 대열을 멈추게 했다. 그는 날카로운 눈으로 사방을 둘러보았다. 회색의 숲은 고요하기 그지없었다. 물론 자신들이 빠르게 추적하면서 풀벌레나 새들이 놀란 것도 있지만 검상의 사내는 지금 이 순간 묘한 위화감을 느끼고 있었다.

마치 누군가가 자신들을 노리고 있는 듯한 그런 느낌이 들었다. 그의 얼굴의 검상이 징그럽게 꿈틀거렸다. 사내는 손을 들어 조금씩 아려오는 검상을 쓰다듬었다. 언제나 그랬다. 오래전에 입은 검상이 이렇게 아려오면 무언가 기분 나쁜 일이 벌어졌다.

"전 대원 전투 대형!"

"명!"

이열 종대로 길게 늘어져 있던 행렬이 변형되기 시작했다. 그리고 은밀하게 움직여 나가기 시작했다. 한 걸음 한 걸음에 무게가 실리면서 그나마 있던 소리조차 사라졌다. 조심스럽게 한 발 한 발 옮기는 이들.

슈칵!

미세한 소음이 들렸다. 하지만 소리의 진원지로부터 얼마간 떨어진 이들은 그 소리를 듣지 못했다. 아주 잠깐 좌우의 인원들로부터 시야가 제한되는 그 순간 한 병사의 목에 혈선이 만들어졌다.

비명도 지르지 못한 채 목을 부여잡고 쓰러지는 병사. 그때 검은 그림자가 쓰러지는 병사를 받아 들었다. 그리고 조심스럽게 끌고 나무둥치에 숨겼다. 하지만 그 누구도 병사의 죽음을 눈치채지 못했다.

그들의 신경은 오로지 전방으로 향해 있었다. 이곳은 회색의 숲. 어디서 어떻게 몬스터가 공격해 들어올지 알 수 없었다. 그나마 이곳이 회색 오크와 바질리스크의 경계 지점으로 안전하다고는 하지만 숲이란 절대 장담할 수 없는 지역임에 틀림없었다.

긴장감이 고조되기 시작했다.

슉!

짧은 소음.

쓰러지는 병사. 하나 누구도 감지하지 못하고 있었다.

한 명이 두 명이 되고 두 명이 네 명이 되어갔다. 전투 대형의 중간중간 이가 빠졌다.

"보고!"

행렬이 멈췄다. 중간 보고였다. 이런 숲에서는 반드시 행해져야 할 일이었다.

병사의 수를 헤아린 그들은 몇 명의 병사가 없어진 것을 알게 되었다.

"경계!"

검상의 사내의 입에서 차가운 명령이 내려졌다. 흩어져 있던 병사들이 한데 모여 방진을 형성했다. 그들은 수평으로 전방을 훑고 상단으로 나무를 훑었다. 하지만 그 어디에서도 어떤 소음조차 들려오지 않았다.

긴장감이 고조되었다.

슉!

"컥!"

그때 몇 명의 병사가 거의 동시에 목을 부여잡고 쓰러졌다.

"집결!"

다시 명령이 내려졌다. 그에 병사들과 기사들이 몇 개의 군집으로 모여들었다. 하지만 한데 모여 방진을 형성하는 와중에는 군데군데 이가 빠져 있었다. 그 짧은 시간에 상당한 수의 병사들이 사라진 것이다.

인원 파악이 순식간에 끝났다. 그에 검상을 입은 사내의 얼굴이 일그러졌다.

'그 짧은 순간에… 도대체 누구냐?'

적을 보지도 못했다. 적이 몇 명인지도 모른다. 자신들은 온 천하에 드러나 있고, 상대는 여전히 숲과 동화되어 자신들을 노리고 있었다.

'문제는 피 냄새가 퍼진다는 것이다.'

그랬다. 이곳이 회색 오크와 바질리스크의 경계 지점으로 완충지대이기는 했으나 몬스터나 야생동물은 본능적으로 피 냄새에 이끌리게 마련이다. 지금은 은신해서 자신을 노리는 이들도 문제였지만 피 냄새를 맡은 몬스터나 야생동물도 문제였다.

야생동물은 본능적으로 인간을 회피하기에 그리 큰 문제가 되지 않는다. 무리에서 뒤지는 야생동물은 숨어서 기회를 노릴 것이다. 하지만 회색 오크와 바질리스크는 달랐다.

'우선은 습격자를 찾아 제거한다.'

검상의 사내가 움직였다. 자연스럽게 사내의 뒤로 기사들이 따랐다. 또한 사내의 앞으로 지금까지 추적해 온 정찰병이 섰다.

"찾아!"

나직하게 으르렁거리는 소리에 정찰병은 살짝 고개를 숙이며 곧바로 몸을 돌려 민첩하게 움직였다. 나뭇가지 하나, 풀한 포기, 지나가는 바람 한 조각에도 신경을 곤두세우는 모습이다.

그리고 숲 속에서 그 모습을 지켜보고 있는 자가 있었다. 안력을 돋워 주의 깊게 살펴본다고 해도 결코 알 수 없을 정도로 완벽하게 숲과 동화 된 이, 바로 아론이었다.

그가 눈을 잠시 깜빡이지 않았다면 그저 숲의 일부분으로 보였을 것이다.

그의 입꼬리가 미세하게 말려 올라갔다. 그리고 바람을 타고 움직였다. 나무와 나무 사이를 가로질렀고, 바위와 땅을 밟아 발자국조차 남기지 않고 움직였다. 검상의 사내와 그를 따르는 일단의 무리를 제외하고 병사들은 여전히 사방을 경계하며 둥글게 방진을 유지하고 있었다.

사방을 경계하는 병사들의 눈에는 단호함과 함께 두려움이 상존하고 있었다. 보이지 않는 적은 아무리 잘 훈련된 병사라 해도 움츠러들게 했다. 그때 아무런 소음도 없이 한 줄기의 빛이 몇몇 병사의 눈에 띄었다.

병사들은 눈을 부릅떴다.

"흡!"

눈을 부릅뜬 병사는 동시에 목을 감쌌다. 목을 감싼 병사의 손가락 사이에서 검붉은 핏물이 느릿하게 흘러내리며 옆으로 스르르 무너졌다. 그에 옆의 병사가 슬쩍 흘기며 입을 열었다.

"기대지 마!"

하지만 이미 죽은 병사가 그 말을 알아들을 리 없었다. 자꾸 기대어오자 병사는 이상하게 생각했다. 그러다 문득 어깨가 축축하게 젖는 느낌이 들어 슬쩍 자신에게 기대온 병사를 바라봤다.

"저, 적이다!"

자신도 모르게 외쳤다. 이미 동공이 풀리고 목을 감싸고 있던 병사의 손이 축 처져 있었다. 동시다발적으로 몇 군데에서 같은 외침이 터졌다. 그에 검상의 사내 대신 병사를 맡고 있던 이가 외쳤다.

"밀착!"

그에 몇 군데로 흩어져 방진을 형성하고 있던 병사들이 하나로 모여들어 방진을 형성했다. 단단한 방패를 앞으로 박고 원을 그려 사방을 감시할 수 있도록 했다. 단단한 거북이의 등을 보는 것과 같았다.

"꿀꺽!"

긴장감에 마른침을 삼키는 병사들이다. 병사들을 지휘하는 기사들 역시 마찬가지였다. 질식할 것 같은 정적이 감돌았다. 병사들과 기사들에게서 살기가 치솟아 올랐다. 그 살기에 풀잎은 축 처졌으며, 풀벌레는 숨을 죽였다.

슉!

따당!

미세한 소음이 들려오자 검상의 사내는 빠르게 움직이며 검을 휘둘렀다. 검에 무언가 부딪치며 날카로운 소리를 냈다. 조심스럽게 사방을 훑어보는 검상의 사내. 하나 숲은 여전히 고요하기만 했다.

"백부장님!"

전방을 훑어보던 검상의 사내를 부르는 목소리에 그는 뒤도 돌아보지 않고 물었다.

"무슨 일인가?"

"죽었습니다."

"누가?"

"정찰병입니다."

그에 백부장이라 불리는 사내의 검상이 심각하게 꿈틀거렸다. 분명히 막았다. 그런데 정찰병이 죽었다.

"무기는?"

"그것이……."

확신하지 못하는 목소리에 백부장이 전방을 노려보기를 그만두고 죽은 정찰병을 살폈다. 얼굴을 살폈으나 아무것도 없었다. 목을 살폈다. 무심코 지나가려는 그 순간 목의 울대 부분에 미세한 무언가가 그의 눈을 사로잡았다.

손으로 집어 올릴 수는 없을 것 같았다. 손을 대고 손가락에 마나를 집중시켰다. 그에 서서히 딸려오는 물체. 물체가 완연하게 모습을 드러냈을 때 백부장은 신음을 흘릴 수밖에 없었다. 검지만 한 길이의 가시였다.

이곳 회색의 숲에서 흔하게 보이는 가시나무의 몸통을 온통 감싸고 있는 가시였다. 그런데 그 가시가 무기가 되어 정찰병을 단숨에 절명시킨 것이다. 백부장은 자신의 검을 들어봤다.

검면에 가시 하나가 박혀 있다.

'가시를 날려 검면을 뚫고 정찰병을 죽였다? 그렇다는 것은……'

상상조차 할 수 없을 정도로 강력한 자가 있다는 것을 의미한다. 조금만 연습하면 단검을 던지거나 표창을 던지는 것은 어렵지 않았다. 하지만 그것은 전부 무게가 있는 것이다. 그런데 이 가시는 전혀 무게감이 느껴지지 않았다.

그렇다는 것은 이 가는 가시에 마나를 담아 검면을 꿰뚫고, 정찰병을 죽일 때까지 마나를 유지하고 있었다는 것을 의미한다.

'위험하다!'

본능이 그렇게 말하고 있었다. 통상적으로 이럴 때는 후퇴하는 것이 맞았다. 자신은 아직도 상대의 위치조차 파악할 수 없었다. 그런데 상대는 정확하게 자신들의 위치를 파악하고 있고, 가장 중요한 것이 무엇인지 너무나도 잘 알고 있었다.

"철수한다!"

"백부장님!"

"책임은… 내가 진다!"

"명!"

철수를 결정한 이상 망설일 이유가 없었다. 은밀하게 움직일 필요도 없었다. 그들은 지금과는 전혀 다르게 빠르게 움직였고, 본대가 있는 곳에 도착했다. 본대에 도착한 백부장은 곧바로 얼굴이 일그러질 수밖에 없었다.

그 짧은 시간 동안 병사의 수가 줄어 있었다. 지금까지 무려 스무 명에 가까운 병사를 잃은 것이나. 무력이 강한 기사들은 단 한 명도 당하지 않았고, 오로지 정찰병과 병사들만 당했다. 이쯤 되면 병사들의 불안이 극에 달할 것이다.

그에 백부장은 빠르게 명을 내렸다.

"철수한다!"

백부장의 말에 병사들은 안도의 눈빛이 되었다. 몇몇 기사는 불만에 찬 표정을 보이기도 했으나 지금 여기에서 백부장의 명령은 절대적이었다. 또한 그들도 느끼고 있었다. 병사들 사이에서 느껴지는 기이한 기류를 말이다.

그것은 바로 기사들은 죽지 않고 병사들만 죽는 것에 대한 것이었다. 적은 상당히 교묘하게 기사들과 병사들을 이간질시키고 있었다. 지금은 일촉즉발의 상황에 긴장과 공포가 혼재되어 있다 보니 결코 쉽게 가라앉을 상황이 아니었다.

그것을 너무나도 잘 알고 있는 백부장의 명령에 불만이 있어도 따를 수밖에 없었다. 그리고 그의 명령에 병사들 사이에서 이는 기류가 한순간에 바뀌어 버렸다. 이제는 은밀하게 소리 나지 않게 움직일 필요가 없었다.

그들은 빠르게 움직여 나갔다. 최대한 빨리 이곳을 벗어나야 했다. 그러한 그들을 지켜보던 아론은 모습을 감췄다.

그가 다시 모습을 드러낸 곳은 바로 바질리스크의 둥지였다. 둥지에는 성체 바질리스크 두 마리와 세 마리의 새끼가 있었다.

파박!

바질리스크의 둥지에 흙먼지가 일어나며 검은 녹색의 체액이 튀었다.

"끼에에엑!"

새끼의 비명 소리가 들려왔다. 그 소리에 두 마리의 성체 바질리스크가 눈을 번쩍 떴다. 그리고 내달리기 시작했다. 아직 짙은 먼지가 가라앉지 않았지만 냄새로 알 수 있었다. 자신들의 새끼가 무언가에 의해 끌려가고 있다는 것을 말이다.

성체 바질리스크는 커다란 포효를 내지르고 가로막는 모든 것을 그대로 박살 내며 상상할 수 없을 정도로 빠르게 달려 나가기 시작했다. 하지만 새끼는 점점 멀어질 뿐이었다.

새끼의 애처로운 비명이 성체 바질리스크를 더욱더 광폭하게 만들었다. 바질리스크 새끼를 낚아채 달리고 있는 이는 바로 아론이었다. 그는 시베리아 제국의 백인대를 결코 쉽게 보내줄 생각이 없었다.

그는 달려가면서 계속 피를 흘릴 정도로만 새끼 바질리스크에 상처를 냈고, 그때마다 새끼 바질리스크는 자지러질 듯 비명을 질러댔다.

틱!

그러다 어느 순간 아론은 새끼 바질리스크의 머리를 두드리자 새끼 바질리스크가 힘없이 축 처졌다. 기절시킨 것이다. 그는 자신이 어떻게 이런 것을 아는지에 대해서는 잘 몰랐다. 그저 본능적으로 행하고 있을 뿐이었다.

그의 움직임은 눈으로 좇을 수 없을 정도로 빨랐지만 일체의 소음조차 없었다. 한참을 내달리던 그의 시야에 빠르게 철수하고 있는 시베리아 제국의 추적대가 보였다. 아론의 입가에 서늘한 미소가 떠올랐다.

"겨우 스무 명 남짓의 손해만 입고 돌아가게 할 수는 없지. 면목이 없잖아? 적어도 스무 명 정도만 남아서 겨우 살아 돌아가야지. 그래야 면목이 서지."

스팟!

그 말이 끝남과 동시에 그의 신형이 그 자리에서 사라졌다. 그리고 그가 모습을 드러낸 곳은 사방을 경계하면서 휴식을 취하고 있는 시베리아 제국의 추적대가 위치한 곳이었다. 기사들이 되었든 병사들이 되었든 거친 숨을 들이쉬고 있었다.

적을 쫓을 때와 두려움에 쫓길 때는 전혀 다른 상황이다. 쫓길 때는 더욱더 많은 힘을 소모하게 되고 정신적으로 다급하게 만든다. 그러하기에 더욱 빨리 지치게 된다. 더군다나 이곳은 몬스터의 천국이라 불리는 회색의 숲이지 않은가?

아론은 숲과 동화되어 한 기사의 등 뒤로 다가가 아무것도 모른 채 막간을 이용해 잠에 취해 있는 기사의 곁에서 새끼 바질리스크의 목을 베어버렸다. 새끼 바질리스크의 체액이 기사의 풀 플레이트 메일에 튀었다.

아론의 행동은 거기에서 그치지 않았다. 은밀하게 돌아다니면서 기사들의 풀 플레이트 메일에 새끼 바질리스크의 체액을 묻혔다. 하나 그 누구도 아론의 존재를 알아차린 자는 없었다. 그 와중에 단 한 명만이 약간의 위화감을 느끼고 있었다.

"무슨 냄새 안 나나?"

"무슨 냄새 말입니까?"

"조금 비릿하고 시궁창 같은 냄새 말이야."

"그게……."

백부장의 물음에 코를 벌름거리는 기사. 그사이 백부장은 이미 그 진원지를 찾아 나서고 있었다. 그가 움직이자 기사들과 병사들이 긴장했다.

"기상!"

백부장의 말에 빠르게 장비를 갖추고 일어서는 기사. 그가 일어난 자리를 뚫어지게 바라보고 있는 백부장.

"무슨……?"

물어보는 기사이나 그의 물음에 답하지 않고 사방을 훑어보는 백부장.

"지금 즉시 자리를 이탈한다! 빨리!"

"아, 알겠습니다."

다급한 백부장의 말에 병사들과 기사들은 빠르게 휴식을 종료하게 자리를 이탈하기 시작했다.

"끼에에에에~"

그때 회색의 숲을 조용하게 만드는 울림이 있었다. 그에 백부장은 그대로 굳어버렸다.

"늦었군."

"무슨 일입니까?"

"바질리스크의 새끼다."

"예?"

"우리를 노린 놈이 바질리스크의 새끼를 죽이고 사체를 우리가 휴식을 취하고 있던 곳에 버렸다. 당연히 기사들의 풀 플레이트 메일에 바질리스크 새끼의 체액이 묻었겠지."

"그런……."

있을 수 없는 일이었다. 자신들이 아무리 휴식을 취하고 있었다고는 하나 인기척을 느끼지 못할 이유가 없었기 때문이다.

"아직도 모르겠나?"

"⋯⋯?"

"놈은 우리에게 쫓기면서도 반격을 가했다. 우리 중 누구 하나 놈의 종적을 발견한 이가 있나?"

"그⋯⋯."

단 한 명도 없었다. 백부장의 판단에 의해 흔적조차 찾지 못하고 부랴부랴 철수한 터였다. 백부장의 설명에 불만을 가지고 있던 몇몇 기사는 등골이 서늘해짐을 느낄 수 있었다.

상대는 자신들이 감당할 수 없을 정도로 뛰어난 자였다. 특히 숲에서는 더욱더 말이다.

"놈은 우리를 그냥 놓아줄 의향이 없다."

"그렇다면 저 소리는⋯⋯."

"성체 바질리스크지."

"그런⋯⋯."

"전원 전투 대형으로!"

"명!"

한 몸처럼 움직이는 기사들과 병사. 이제는 완벽하게 백부장의 명을 수행했다. 아무리 백인대라고 해도 이런 숲에서 성체 바질리스크를 상대하기란 쉽지 않을 것이다.

"갸아아악!"

쿠구구궁!

그리고 마치 그것을 증명이라도 하듯이 채 방진을 형성하기도 전에 세 쌍의 발을 굴리며 들이닥친 성체 바질리스크는 나타나자마자 병사 한 명을 입에 물고 으깨 버렸으며, 꼬리를 휘둘러 기사의 척추를 박살 내버렸다.

"방패! 방패 앞으로!"

누군가 외쳤고, 병사들은 삼삼오오 뭉쳐 방패를 앞으로 내밀었다. 그런 병사를 향해 성체 바질리스크가 그대로 돌진했다.

쿠웅!

"크흐읍!"

미처 방패를 땅에 박기도 전에 돌진해 온 바질리스크에 의해 그대로 뒤로 밀려나는 병사들. 그 틈을 노리고 입을 쩍 벌려 진득한 체액이 묻은 혀를 내밀어 목을 감싸는 바질리스크.

치이이익!

"끄아아악!"

바질리스크의 체액이 묻은 혀에 감긴 병사는 그대로 녹아내리기 시작했다. 거센 비명이 들려왔다.

"죽어랏!"

병사들은 창을 찔렀고, 기사들은 가진 바 무기로 바질리스크의 등과 머리를 후려쳤다.

"키에엑!"

병사들의 창이야 무시해도 될 만했다. 하나 마나가 시전된 기사들의 검은 그리 쉽지 않았다. 연약한 부분의 가죽이 쩌억 벌어지며 진득한 체액이 튀었다.

치이익!

"피, 피해랏!"

기사의 풀 플레이트 메일이 녹아내렸다. 그때 또다시 다급하게 외치는 누군가의 목소리. 바질리스크의 눈이 변하며 또다시 입이 쩍 벌어졌다.

"샤아아악!"

"허억!"

그 눈빛을 받은 병사들과 기사들이 그대로 굳어버렸다. 성체 바질리스크의 석화 브레스였다. 그때 또 다른 성체 바질리스크가 모습을 드러냈다. 처음 나타난 바질리스크보다 두 배는 커 보였다.

아마도 기회를 엿보고 있던 수컷 바질리스크일 것이다.

쿠우우웅!

어떻게 나무 위를 올라간 것일까?

수컷 바질리스크가 떨어져 내린 곳은 성인 몇 명이 둘러야 겨우 두를 수 있는 거대한 나무 위였다. 수 명의 병사가 수컷 바질리스크에 깔려 죽음을 맞이했다. 수컷 바질리스크는 모습을 드러내자마자 사납게 움직이기 시작했다.

그때를 같이하여 백부장과 그를 지근에서 호위하던 기사 역시 움직이기 시작했다. 백부장은 다짜고짜 검에 마나를 시전했다. 바질리스크의 가죽은 마나가 아니고서는 절대 뚫을 수 없기 때문이다.

기사들 역시 마찬가지였다. 그러하기에 최대한 빨리 바질리스크와 승부를 봐야만 했다. 그렇지 않으면 오히려 자신들이 바질리스크의 먹이가 될 것이 분명했다. 그러하니 처음부터 전력을 다할 수밖에 없었다.

두 마리의 성체 바질리스크와 팔십여 명의 기사, 병사들이 난투에 들어갔다. 그러한 모습을 멀리서 지켜보고 있는 아론. 그의 눈동자는 섬뜩하게 빛나고 있었다. 지금까지와는 전혀 다른 모습이었다.

그의 입가에는 잔인한 미소가 떠올라 있었다. 마치 완전히 다른 사람을 보는 듯한 느낌이다. 그러다 서서히 눈동자가 바뀌기 시작했고, 그 원래의 모습이 드러나는 그 순간 그의 입가에 떠올라 있던 잔인한 미소가 사라졌다.

멀리서 펼쳐지는 잔인한 상황에 살짝 눈을 찌푸리는 아론.

"또……."

무언가 생각난다는 듯이 입이 열렸으나 말을 마치지 못하는 아론이었다. 그는 가볍게 머리를 흔들었다.

"필요한 일이었다."

잔인하기는 하지만 확실히 필요한 일이었다. 그렇지 않으면 또 다른 추적대가 붙을 것이다. 더 많은 수로 말이다.

그러면 자신들은 더욱더 위축되고 피로해질 수밖에 없었다. 저렇게 함으로써 그들의 추적 의지를 완벽하게 끊어내는 것이 좋았다.

다시 한 번 성체 바질리스크와 죽을 듯이 싸우고 있는 곳을 일별한 아론은 나뭇가지를 박찼다. 아니, 박찬 것이 아니라 그저 그 자리에서 사라졌다.

그러한 현상이 몇 번 반복되었고, 마침내 아론은 제라르와 헤어졌던 곳에 도착할 수 있었다.

삐이익!

가볍고 짧게 휘파람을 부는 아론. 그에 숲 속에 은신해 있던 제라르가 모습을 드러냈다.

"정말… 살아왔구려."

"죽을 줄 알았나?"

"그런 것은 아니고 말이오. 아니, 사람이 기뻐서 한 말을 가지고……"

"가지."

그의 말을 들을 필요도 없다는 듯이 간단하게 제라르의 말을 끊고 걸음을 옮겨가는 아론. 그런 아론을 보며 제라르가 투덜거렸다.

"염병. 걱정해 줘도 뭐라 하네. 나 원 참."

그러면서도 어느새 그의 발걸음은 아론이 걸어가는 방향으로 향하고 있었다. 하지만 변한 것이 하나 있었다. 바로 제라르가 바라보는 아론에 대한 시선이었다. 이전에는 일말의 의심이 깃들어 있었다면 지금은 완전한 신뢰였다.

자신에게 무엇을 바란다 해도 상관없었다. 먼저 자신의 목숨을 내어놓고 상대를 살려줬는데 그러한 그를 믿지 못하면 도대체 누구를 믿는다는 말인가?

"한데 멀리서 들으니 바질리스크의 울음소리가 들리던데 말이우."

"싸우나 보지."

간단하게 대꾸하는 아론.

"누구와?"

"지들끼리."

"하기는."

이해 못 하는 것도 아니다. 몬스터는 먹이를 가지고 싸우니까 말이다.

"놈들은 어찌 됐수?"

"살아 돌아가기 힘들 거다."

아론의 말에 제라르는 직감적으로 바질리스크의 울음소리가 그들과의 전투에서 일어나는 것임을 알 수 있었다.

'참으로 대단한 사람이네. 그 짧은 시간에 바질리스크를 이용할 생각을 하다니 말이다. 근데 방법이…… 뭐 상관없으려나? 그만의 방법이 있겠지.'

아론 정도의 무력을 가지려면 수없이 많은 경험이 축적되었다 할 수 있었다. 그리고 그 경험이라는 것은 함부로 남에게 전할 수 없다는 것도 안다. 기사들보다 오히려 용병들이 그런 경향이 더 심했다.

그 경험은 한마디로 용병 자신의 밥줄이지 않은가? 그러니 묻지도 않고 묻는다 해도 답을 들을 수 있는 것이 아니었다. 그래서 제라르는 그냥 포기하기로 했다.

"후속대는……."

"그때는 우리가 복귀한 이후겠지."

"역시……."

그렇게 대화하는 동안 어느새 그 둘은 땅을 파고 완벽하게 은신한 용병들이 있는 곳에 도착했다.

들썩!

그때를 같이하여 땅이 움직였다. 아니, 땅이 움직인 것이 아니라 엄폐를 위해 위장해 둔 뚜껑이 열리는 것이었다.

"구덩이를 메우고 이동한다."

아론은 간단하게 명령을 내렸다. 그에 용병들이 제라르를 쳐다보았다.

"이것들이. 말은 형님이 했는데 왜 날 봐?"

"공식적으로 백인대장이잖수."

"웃긴 새끼들이네. 언제 그런 것을 따졌다고."

"낄낄. 하긴 그렇긴 하우만."

제라르의 말에 한 용병이 여유를 되찾았는지 낄낄거렸다.

방금 제라르의 말은 자신 위에 아론이 있다는 것을 명백히한 것이다. 서열이 정해진 것이다. 막돼먹은 용병이라 할지라도 그들의 위계질서는 철저했다.

기사들이 치를 떨 정도이다. 그래서 용병 만인대는 오로지 용병들로만 이뤄져 있었다. 그렇지 않으면 명령이 제대로 하달되지 않았다. 용병들이 구덩이를 메우는 동안 제라르가 아론 옆으로 다가가며 물었다.

"얼마나 걸릴 것 같수?"

"별일 없으면 보름 정도 걸리겠지."

아론의 말에 눈을 크게 뜨는 제라르였다. 아론의 말은 회색의 숲을 모두 꿰뚫고 있다는 말이니 말이다. 회색의 숲은 결코 작지 않았다. 또한 회색의 숲을 관통하는 사람도 드물었다.

'참 여러 가지로 사람 놀라게 하네.'

확실히 아론은 신비한 사람이었다. 신비라는 말은 어릴 적 꿈에서나 나타나는 현상인 줄 알았더니 현세에 실존하고 있었다.

"그건 어떻게 안 거유?"

"내 밥줄이다."

"쩝. 하긴."

"서둘러. 해가 지기 전에 이곳을 벗어나야 한다."

"알았수. 들었지?"

둘의 말에 구덩이를 메우는 일이 급속도로 빨라졌다. 그리고 얼마 지나지 않아 그들은 구덩이를 메우고 주변을 정리한 후 빠르게 이동하기 시작했다.

CHAPTER 4

복귀

"다들 왔나?"

제이니스 제국의 동부전선에서 활약하고 있는 제1용병 만인대의 만인대장의 막사에는 실질적으로 용병 만인대를 이끌어 나가고 있는 이들이 모여 있었다. 그에 평소에는 상당히 넓게 여겨지던 만인대장의 막사가 비좁아 보일 정도였다.

바로 확대 간부 회의.

평소 오천인대장과 천인대장 정도만 참석하던 간부 회의가 아닌 각 천인대장 휘하의 참모들과 백인대장들까지 참여한 확대 간부 회의이니만큼 그 인원이 상상을 초월할 정도였다.

그렇게 작전 회의가 시작될 즈음 막사의 문을 열고 조심스럽게 들어오는 이가 있었으니 다름 아닌 5천인대장 대련 마이어였다.

또한 그의 뒤를 따라 5백인대장인 제라르와 아론이 함께 들어오고 있었다.

"늦었군."

막 회의를 시작한 참이라 약간 늦게 참석한 마이어 5천인대장의 태도에는 별다른 질책을 하지 않았다. 하지만 뒤따라 들어오는 제라르와 아론을 보고는 살짝 눈살을 찌푸린 자가 있었다.

"그들은 누군가?"

5천인대장과 대립각을 세우고 있는 쇼 8천인대장이었다. 자신에게 시비를 거는 것임을 알고 있음에도 불구하고 여느 때와는 다르게 8천인대장을 흘깃 바라보더니 담담하게 입을 여는 5천인대장이다.

"이번 작전 회의를 열게 한 주인공들."

"허~ 그들이 낙오되었던 이들이라고?"

"8천인대장은 뭔가 잘못 알고 있는데 이들은 낙오된 이들이 아니라 제1만인대 최고의 공을 세운 이들이야. 그리고 낙오라는 말은 대열에서 처져 뒤떨어진 사람을 말하는 거지 작전을 수행하는 이들에게 쓸 말은 아닌 것 같군."

"뭐? 이 새끼가……!"

"조용히 해!"

5천인대장을 골려줄 생각으로 한 말에 오히려 여유롭게 답하면서 자신의 무식함을 드러나게 하자 발끈하는 8천인대장이었다.

그는 인상을 험악하게 구기면서 자리에서 일어나려 했다. 하나 전장의 여우라 불리는 바이탈 크랙 만인대장의 제지에 앓는 소리를 내며 자리에 앉을 수밖에 없었다.

"제라르 5백인대장은 알겠는데……."

"6백인대 10조 부조장으로 있는 아론입니다. 이번 작전 서류를 입수하는 데 있어서 결정적인 역할을 한 자라고 하더군요."

"결정적인 역할이라……. 그래, 무슨 결정적인 역할인가?"

"그는 석 달 전, 여명 작전에 참전했습니다."

"여명 작전?"

"네."

여명 작전이라는 말이 나오자 막사에 있는 모든 이의 얼굴이 살짝 일그러졌다.

상당히 공을 들인 작전임에도 불구하고 어디서 어떻게 작전이 새어 나갔는지 상당한 피해를 입고 패퇴한 작전이었기 때문이다.

물론 패퇴하기는 했지만 그 덕분에 전쟁은 소강상태에 접어

들었고, 그 사납던 시베리아 제국의 공세가 주춤해진 상황이기는 했다.

하지만 어쨌든 패퇴한 것은 패퇴한 것이니 결코 좋게 기억되는 전투는 아니라 할 수 있었다.

"흥! 도망자로군."

그에 8천인대장이 다시 거칠게 입을 열었다. 그에 아론이 슬쩍 그를 바라봤다. 그와 시선이 부딪쳤다.

"뭘 봐, 이 새끼야? 도망 안 쳤으면 어떻게 살아남았는데? 어?"

8천인대장은 마치 잘 걸렸다는 듯한 표정으로 분위기를 험악하게 만들며 아론을 쏘아보았다. 그에 아론은 갑자기 착용하고 있던 낡은 레더 메일을 벗기 시작했다.

"도망자 새끼가. 뭐 하자는 건데?"

하지만 여전히 아론은 레더 메일을 하나둘씩 벗기 시작했다. 몇 분 되지 않아서 중요 부위만 가린 채 알몸이 된 아론은 말없이 회의 탁자 위로 올라갔다. 그 누구도 그의 행동을 제지하지 않았다.

알몸이 된 아론의 몸은 회의장 안에 있는 모든 이가 입을 벌릴 정도로 상처투성이였다. 그리고 그중 복부에 입은 상처는 가장 최근의 상처처럼 보였고, 그것이 치명상이라는 것은 그저 보는 것만으로도 알 수 있었다.

"나는… 열두 살에 용병질에 뛰어들었고, 열다섯 살에 정식 용병이 되었소. 열일곱 살에 비기녀가 되었고, 열여덟 살에 러너가 되었소. 그리고 20년 동안 전쟁 용병을 했소. 이 상처가 바로 그것이지. 8천인대장에게 묻겠소."

아론은 8천인대장의 앞으로 걸어갔다. 그리고 자신의 복부에 난 상처를 가리키며 물었다.

"이 상처, 어떻게 보시오? 상급 정도 되는 실력이라면 상처를 충분히 알 수 있을 것이라 믿소만."

"그……."

그는 아무 말도 할 수 없었다. 그저 척 보기에도 살아 있다는 것이 신기할 정도로 대단한 상처였기 때문이다.

"비록 내가 마나를 느끼지 못해 유저로만 20년 동안 용병질을 했지만 내 살아온 삶을 시궁창에 처박지는 말았으면 좋겠소. 나는 도망자가 아니라 상처를 치유하고 생환한 용병이오."

"이 새끼가……!"

8천인대장이 상황을 반전시키려 입을 열어 아론을 윽박지르려 했다.

"그마안!"

"대, 대장!"

"그만하게!"

단호하게 말을 내뱉는 만인대장이었다.

그에 얼굴이 붉으락푸르락해지며 인상을 있는 대로 찌푸리는 8천인대장이었다.

"하지만……."

"하지만 무슨 얼어 죽을 하지만이야? 경력으로 보면 너보다 10년은 더 오래한 용병이야. 그리고 저 정도의 상처를 가지고 있으면 익스퍼트가 아니라도 존경받을 만해. 사과해!"

"그… 끄응. 미… 안……."

"됐소."

간단하게 8천인대장의 말을 잘라 버리고 회의용 탁자 위에서 내려온 아론은 다시 복장을 챙겨 입기 시작했다.

그의 행동은 당당하기 그지없었다. 전혀 거리낌 없는 그 행동에 오히려 다른 이들이 위축될 정도였다.

"아깝군."

"뭐가 말이오?"

"그 정도의 강단이면 그저 익스퍼트에 오르기만 해도 천인대장은 가볍게 할 수 있는데 말이야."

"내 알기로 하급은 그저 백인대장 정도인 것으로 알고 있소."

"하급이라도 20년이라는 경험은 결코 무시할 수 없지. 그 정도면 열 명의 하급 백인대장 정도는 가볍게 다룰 수 있지."

"말만으로도 고맙소."

크랙 만인대장의 말에 그저 담담하게 말을 되받는 아론이었다. 하지만 크랙 만인대장은 진정으로 아깝다는 듯 입맛을 다셨다. 그러다 다시 물었다.

"그래, 어떻게 이것을 입수하게 되었지?"

그에 아론은 마이어 5천인대장과 제라르 5백인대장에게 시선을 두었다. 그 둘은 동시에 고개를 끄덕였다.

제라르야 같이 살아왔으니 말할 것도 없고, 제라르로부터 그 과정을 빠짐없이 들은 마이어 역시 자신이 설명하는 것보다 아론이 설명하는 것이 낫다는 것을 느끼고 있었다.

그는 적이 많았다.

1만인대 내에서도 비리 천인대장이라고 알려져 있을 정도였다. 하지만 그의 경력과 가진 바 실력, 그리고 모두 한 번씩은 그와 함께 일을 벌인 적이 있기 때문에 견제는 하지만 그렇다고 버리지는 못했다.

하지만 8천인대장 쇼는 조금 달랐다.

천인대장 중에서도 상당히 젊은 축에 속하는 그는 열혈 용병이라 할 수 있었다. 그래서 그는 5천인대장 마이어를 지독히도 싫어했다. 아니, 대놓고 그를 비난했다. 하지만 어쩔 수 없었다.

열혈이니만큼 실력도 상당했기 때문이다. 그런 그가 아론이나 제라르를 비난한 것도 그런 의도 중의 하나였다.

그들을 비난하는 것이 아니라 그들을 비난함으로써 5천인대장의 위신을 깎아내리려는 의도였다.

하지만 아론의 행동에 의해 보기 좋게 틀어져 버렸다. 그러니 불만이 많을 수밖에 없었다. 그것을 너무나도 잘 알고 있는 마이어 5천인대장은 슬쩍 한 발을 빼버렸다. 자신과는 상관없는 것으로 만들어 버린 것이다.

공을 남에게 돌린다는 것은 그에게 있을 수 없는 일이었지만 일단 지금은 발을 빼야만 했다. 우선은 저들이 가지고 온 서류가 사실인지 아닌지 알 수 없었고, 자신의 주장으로 인해 회색의 숲에서 작전을 펼친 한 개의 백인대가 절단이 난 상태로 복귀했으니 지금은 자중해야 했다.

'염병! 어떻게 살아와 가지고. 콱 죽었어야 하는데. 후우~ 어쨌거나 잘 수습이 되어야 할 텐데……'

마이어 5천인대장은 사실 불안할 수밖에 없었다. 자신의 잘못된 정보에 의해 한 개 백인대가 절단 났으니 당연히 그럴 만도 했다.

그렇게 눈알을 도르르 굴리며 주변의 상황을 살피는 도중 아론은 차근차근 설명해 나가고 있었다.

어떻게 제라르와 조우하고 어떻게 회색의 숲에 있는 보급부대의 위치를 알게 되었고, 어떻게 작전 서류를 빼낼 수 있었는지 말이다. 물론 곧이곧대로 설명하지는 않았다. 그런다고 그것을 믿어줄 리도 없으니 말이다.

그래서 적당히 각색을 했다. 너무 과하지 않고 정말 그럴듯하게 적당히 말이다.

'내가 하라는 대로 해.'

'네가 하라는 대로?'

'적어도 너보다는 말솜씨가 좋으니까.'

'끄응. 부정은 못 하겠군.'

적당한 말, 그것은 바로 점점 희미해지고 있는 백두산의 작품이었다.

그는 침착하게 말을 해나가면서도 자신의 말솜씨에 탄복하고 있었다. 간략하면서도 핵심만 정확하게 짚어가고 있었으며, 그 핵심의 연결만으로도 상당히 신빙성 있게 전달되고 있었다.

"그렇게 된 거요."

"그래, 그렇단 말이지. 그런데 말이지……."

크랙 만인대장의 말을 기다리는 아론의 표정에서 무언가를 찾아내려는 듯 만인대장 크랙은 약간의 시간을 두고 입을 열었다.

"어떻게 회색의 숲에서 살아남은 거지? 회색의 숲에서 혼자 살아남기란 그리 간단치 않을 터인데?"

"운이 좋았소."

"운이 너무 좋은 것 아닌가?"

"운이라는 것이 한 번으로 그치란 법은 없지 않소."

"그래, 그 운이 뭐냐 이거지."

그는 상당히 흥미롭다는 듯이, 드디어 감춰진 사실을 하나 발견했다는 듯이 말했다.

"죽다 살아나니 마나를 느낄 수 있었소."

"허어~ 마나를? 죽다 살아나니까?"

"그렇소."

"그럼 지금은 하급인가?"

"글쎄, 그건 잘 모르겠소. 듣고 경험한 바에 따르면 하급은 분명한 것 같소."

"그래? 그렇단 말이지? 경사로군, 경사야."

"그렇소?"

아론의 심드렁한 답에 크랙은 아론을 심유한 눈빛으로 바라보며 마나를 흘려 아론의 전신을 훑었다. 그의 말대로 하급의 마나량이 감지되었다.

"흐음, 백인대장으로 충분하겠는데?"

"그렇소?"

여전히 무덤덤한 아론이었다. 마치 자신의 할 말은 지나온 경과를 구두로 전한 것으로 끝났다는 듯이 말이다. 크랙의 말에 회의에 참석한 이들은 별달리 놀라는 표정이 아니었다. 오히려 고개를 끄덕일 뿐이었다.

천인대장쯤 되면 익스퍼트 중급에 이른 실력자이다. 그런 이들이 이제 갓 오러를 각성해 다루는 하급의 익스퍼트를 못 알아볼 리 없었다. 그리고 아론의 믿을 수 없는 말에도 별로 토를 달지 않았다.

생각지도 못한 방법으로 마나를 각성하는 경우가 흔했으니 말이다.

오히려 죽다 살아나서 마나를 각성했다면 다른 이들보다 비싼 값을 치렀다고 할 수 있을 정도이다. 20년이면 상당히 오랫동안 유저로 살아온 것이다. 그리고 나이가 너무 많은 탓에 하급을 초과한 중급의 수준에 이르기도 힘들었다.

그래서 천인대장들은 그가 하급으로 각성했음에도 불구하고 담담할 수 있었던 것이다.

"어쨌든 그건 그렇고, 어떻게들 생각하나?"

그의 물음이 있자 기다렸다는 듯이 작전참모로 있는 크리튼 마우저가 입을 열었다.

"상당히 신빙성이 있습니다."

"신빙성이 있다?"

"그렇습니다. 이 서류를 입수한 즉시 정보와 군수참모를 대동하고 서류를 면밀하게 살폈습니다."

"그렇다면 이건 참 대단한 것이로군."

"그런 셈이지요. 아마도 정규군이나 생색내기를 좋아하는 귀족들의 코를 납작하게 눌러줄 정도로 충분합니다."

"그렇겠지. 그들도 하지 못한 것을 우리가 해냈으니. 그래도 달라질 것은 없는 것 같은데."

"벽이 그렇게 쉽게 허물어지면 기사들이나 귀족들이라는 말이 나오지도 않았을 겁니다."

"그건 그래. 어쨌든 연통을 넣어. 기밀 서류를 입수했다고."

"알겠습니다."

그와 말을 끝낸 크랙이 인사참모를 바라보며 물었다.

"그리고… 지금 자리가 남는 게 있나?"

"충원되어야 합니다. 한 개 백인대가 작살이 났으니 말입니다."

"언제쯤 충원되려나?"

"조금 기다려야 할 겁니다. 시기가 아니라서 말입니다."

"흠, 그럼 명칭은 그대로 5백인대로 하고, 백인대장을 아론으로 하지."

"하지만……"

말을 흐리는 하우트 인사참모였다. 만인대장과 인사참모의 시선이 제라르에게로 향했다. 솔직히 상당히 부당하다 할 수 있었다. 아무리 경력이 20년이라고는 하지만 이제 갓 익스퍼트 하급으로 각성한 자를 기존의 백인대장을 밀어내고 그 자리에 앉히는 건 말이다.

그래서 그에게 시선을 두고 의향을 묻는 것이다. 그에 제라르는 무덤덤하게 고개를 끄덕였다.

"상관은 없수. 대신 나는 5백인대에 남겠수."

"5백인대 부(副)부대장으로 하지, 뭐."

"그런 자리도 있수?"

"자리야 만들면 되는 것을."

크랙의 말에 제라르는 고개를 끄덕이면 그를 받아들였다.

"뭐, 알겠수."

제라르의 승인에 크랙이 인사참모를 보며 입을 열었다.

"됐지?"

"알겠습니다."

인사참모 역시 인정했다.

"들었지? 이제부터 자네가 5백인대장이야. 뭐 그래봐야 당분간은 대원이 스무 명밖에 되지 않지만 말이야."

"알겠소."

선선히 고개를 끄덕이는 아론이었다.

"흠. 그러면 아직 작전 회의가 끝나지 않았으니 천인대장과 각 천인대의 참모 이상만 남고 모두 나가줬으면 좋겠군."

크랙의 말에 백인대장들은 자리에서 일어나 막사를 벗어났고, 가장 나중에 아론과 제라르는 살짝 고개를 숙여 보이고 자리를 벗어났다.

그런 둘을 말없이 바라보던 만인대장이 입을 열었다.

"인사 조치는 됐고, 그들에게 적당히 상금이라도 줘. 당분간 쉬게 하고."

"알겠습니다."

"그리고 이제부터가 문제인데 말이지. 아무래도 동부군 사령관과 협상하는 것이 낫겠지?"

"북부 방면군 총사령관과 대화하기에는 조금 모자랍니다."

"그래, 그렇긴 하지. 한데 그놈이 원체 깐깐해서 말이지."

"아마 필히 확인코자 할 것입니다."

"그렇지. 다시 회색의 숲으로 들어갈 가능성이 높지."

"그렇습니다."

"그렇다면 그들을 다시 보낼 수밖에 없나?"

"그래야 하지 않겠습니까?"

"그들이 믿을까? 고작 백인대장이 회색의 숲을 뚫고 나왔다는데 말이야."

"그래서 그들을 보내야 한다는 겁니다."

앞뒤 자르고 강력하게 주장하는 작전참모의 말에 고개를 주억거리는 만인대장이었다. 희생을 줄이자는 것일 게다. 아무리 살아 돌아왔다고 하지만 1개 백인대가 들어가서 겨우 스무 명이 살아 돌아왔다.

여전히 위험하다는 말이다. 그리고 그들은 결코 살아 돌아왔다고 해서 그들의 실력을 높이 사지는 않을 것이고, 그저 길잡이 정도로 활용할 것이 분명했다. 어쩌면 조사 차 온 이들마저도 회색의 숲에서 돌아오지 못할 수도 있었다.

그것을 감안한 작전참모의 제의를 알아듣고 고개를 주억인 것이다.

"그래. 그럼 그들을 5천인대에 합류시키지 말고 따로 편성해 둬."

"그럼……."

"뭐 특임대로 하지. 특수 임무 부대 말이야."

"알겠습니다."

만인대장의 말에 희게 웃는 마우저 작전참모였다. 특임대라고 하면 가진 바 무력에 비해 작전 수행 능력이 뛰어난 자들이라 할 수 있었다. 기사들도 그렇고 말이다. 하지만 만인대에서 말하는 특임대는 조금 달랐다.

명칭이야 특임대로 그럴듯하지만 죽어라 어려운 작전만 수행하는 부대일 뿐이었다. 그래서 용병들은 특임대에 차출되면 차라리 탈영하겠다는 말까지 나올 정도였다.

물론 돈벌이야 쏠쏠하겠지만 그렇다고 돈벌이가 목숨보다 중할 수는 없었다.

"됐지?"

만인대장은 8천인대장과 5천인대장을 바라보며 물었다. 그에 둘은 만족한 웃음을 지어 보였다. 다만 8천인대장과 같이

5천인대장을 지극히 싫어하는 한둘의 천인대장들은 지극히 불쾌한 표정을 짓고 있었다. 다른 천인대장들은 어차피 이렇게 될 줄 알았다는 듯이 고개를 주억거렸다.

"그럼 이걸 주고 뭘 얻어낼까?"

"……."

만인대장의 물음에 정보 참모는 침묵을 지켰다. 그에 만인대장은 얻어내는 것보다 먼저 논의해야 할 것이 있음을 알았다.

"그것보다는 걸리는 게 좀 있군."

"그렇습니다."

그제야 만인대장의 말에 심드렁하게 답하는 정보참모. 그에 작전참모가 조심스럽게 입을 열어 만인대장에게 물었다.

"설마 투서 중에 비리를 내사하고 있다는 정보가 사실입니까?"

"사실이야."

"그렇군요."

만인대장의 말에 참모들은 물론 회의에 참석한 천인대장 모두가 침중한 얼굴이 되었다. 그에 만인대장이 귀찮다는 듯이 손을 휘휘 저었다.

"그건 일단 나중에 이야기하지. 자아, 회의 끝. 다들 나가 봐."

"......"

만인대장의 말에 천인대장들이 분분히 일어나 막사를 벗어 났다. 그들은 듣지 않아도 알고 있었다. 대부분의 용병은 신분 상승, 즉 귀족이 되는 것을 목표로 삼고 있기 때문이다. 아니면 기사가 되든지 말이다. 천인대장들이 나가고 만인대 참모들은 자리를 지키고 있었다.

"그걸로 협상해야겠군."

"그자가 그렇게 하겠습니까?"

"내가 알기로 현 동부군 사령관은 여명 작전의 실패로 상당히 곤란한 상태가 된 것으로 알고 있어."

"그렇다고 해도 그리 쉽지는 않을 겁니다. 그의 성격은 상당히 깐깐합니다."

"그렇긴 하지. 하지만 일단 그들과 선을 조금 더 공고히 해두는 것이 좋겠지. 적당한 선이라면 그도 반길 테니까 말이야."

"그야 그럴 것입니다. 여명 작전에서의 실패로 현재 세력적으로 중앙과 서부군에 상당히 밀리고 있는 상황이고 보면 충분히 우호적일 수 있다고 생각합니다. 단지 이번 한 번으로 그가 우리와 우호적으로 되기는 어려울 것입니다."

"그렇겠지. 그는 귀족이면서도 에퀘스의 성역에 든 사람이니까 말이야."

작전참모의 말에 고개를 주억거리는 만인대장. 에퀘스의 성역이란 기사들만의 성역을 말한다. 그들은 작위를 가지지 않았다. 하지만 작위를 가진 귀족들조차 그들을 함부로 대할 수 없었다.

에쿼스에는 일곱 개의 성역이 있었고, 각 성역마다 800명의 기사가 존재하며, 한 명의 옵티머스 프라임과 일곱 명의 마스터가 존재했다.

일곱 명의 마스터는 7성좌라 일컬어지고 있었다. 그들은 많은 기사와 귀족을 배출했는데 그중 한 명이 동부군 사령관으로 있는 엘모어 가이트란 후작이었다.

기사들만의 세력. 지금 만인대장이 하는 말은 바로 귀족의 작위는 없지만 왕국이나 귀족들조차도 함부로 창검을 들이밀 수 없는 존재인 에쿼스의 성역의 그늘로 들고자 하는 것이라 할 수 있었다.

"그럼 관계 개선을 좀 해볼까?"

"그렇게 알고 협상을 진행하겠습니다."

"그래, 그렇게 하라고."

그들이 이런 모의를 하고 있는 동안 아론과 제라르는 막사를 나와 병영을 나란히 걷고 있었다.

"괜찮나?"

"안 괜찮을 건 또 뭐유."

"괜찮은 거군."

"오히려 다행이우."

"그런가?"

"한데 조금 파격적이기는 하우. 보통 직위를 내리기까지 얼마 정도의 시간이 걸리기도 하고 직위를 내리며 뭔가를 바라기도 할 텐데 말이우?"

그러면서 손을 동그랗게 만들어 보이는 제라르였다.

"먹이가 너무 큰 탓이겠지."

"그렇기도 하겠수만."

"어쩌면 다시 그곳으로 갈 수도 있고."

"에엑?"

"혼자 먹기엔 너무 큰 먹이야."

"그렇긴 하우만……."

생각지 못했다는 듯이 볼을 긁어 보이는 제라르였다. 다시 간다면 아마도 자신들이 가야 할 것이다. 그곳에서 살아 돌아온 것이 자신들이었으니까. 하지만 위험도는 두 배 이상 높아질 수밖에 없었다.

"새끼들, 그래서 그렇게 순순히 인정한 것이구만. 어쩐지 이상하드라."

이제야 알겠다는 듯이 자신의 머리를 툭툭 쳐대는 제라르였다.

"근데 말이우."

"맥심?"

"알고 있었수?"

"말하지 않았나? 그가 조금 가볍다고."

"그렇게 말하기는 했수만 그래도……."

"쥐꼬리만 한 권력도 권력이야. 그 권력 맛에 취한 사람은 의외로 많지."

"그야 뭐……."

"죽다 살아났다고 해서 달라질 것이라 생각하나?"

"형님은 달라졌잖수."

"내가 특이한 거지."

"특이한 거유?"

"네가 보기에는 어떠냐? 내가 정상으로 보이던가?"

가던 걸음을 멈추고 물어보는 아론이었다. 같이 걸음을 멈춘 제라르는 멍하니 그런 아론을 바라봤다.

"조금 특이하긴 하우만."

"뭐가 말인가?"

"정말 하급 맞수?"

"그렇게 보이나?"

"죽어도 아니우. 하급이 바질리스크를 쥐 잡듯이 잡는다면 소드 마스터는 드래곤하고 짝짜꿍하겠수."

"그렇지?"

"당연한 것 아니우? 어떤 미친놈이 그걸 믿겠수. 그런데 말이우, 궁금한 게 있는데 말이우."

당연하다는 듯이 답하는 제라르.

"물어봐."

"왜 속인 거유? 내가 알기로 만인대장은 최상급의 실력자유. 최상급의 눈조차 속일 정도면 이미 형님은 최상급을 넘어섰다고 해도 과언이 아닐 텐데 말이우."

"나 혼자 할 수 있는 것이 과연 얼마나 될까?"

"그야……."

할 말이 없었다. 소드 마스터가 일인군단이라 일컬어지며 군림하고 있지만 홀로 존재할 수는 없었다. 에퀘스의 성역의 일곱 성좌의 가문을 이끌어가는 마스터들이 소드 마스터와 그랜드 마스터 사이의 그레이트 마스터라 하지만 그들조차도 세력을 형성하고 있었다.

세상에는 독불장군이란 존재할 수 없었다. 인간이라는 존재 자체가 사회를 이루고 살아가야 하니까 말이다.

"그래서 날 받아준 거유?"

"작은 인연도 인연이니까. 그리고 너에게는 나에게 없는 것이 존재하거든."

"……."

아론의 말에 멀뚱하게 그를 바라보다 입을 열어 묻는 제라르였다.

"그게 뭐유?"

"친화력."

"친화력?"

"그래."

특이했다. 다른 사람들이라면, 아니, 용병들이라면 당연히 무력을 첫 번째로 꼽는다. 친화력은 그다음의 일이다. 아니, 아무리 성격이 모나고 악랄하더라도 실력만 있다면 친분을 맺는 데 가장 우선순위로 꼽았다.

그런데 아론은 그런 것과는 전혀 관계없이 자신에게 부족한 부분을 채워줄 수 있는 것을 가지고 있는 자신을 선택했다는 말이다.

제라르는 지금까지 이런 용병은 만나보지 못했다.

용병은 과거를 묻지 않는다. 극악한 살인마도 있었고, 몰락한 귀족 가문의 사람도 있고, 마법사도 있었으며, 기사 출신도 있었다. 별의별 사람이 많은 것이 용병이었다.

그런데 그 많은 용병 중에도 아론과 같은 사람은 없었다.

그는 분명 자신과 같이 배우지 못한 사람임에는 틀림없었다. 그럼에도 그는 그 어떤 고귀한 자들보다 훌륭하고 대단해 보였다. 그래서 더 이해할 수 없었다.

'이 사람은 도대체 어떤 삶을 살아왔을까?'

물론 20년이라는 오랜 시간 동안 용병으로서 살아남았다는 것 자체가 신기한 일이다. 마나를 각성하지 못한 상태에서 말이다. 익스퍼트의 용병이라 할지라도 전쟁 용병이면 그 평균 수명이 대폭 감소한다.

하물며 익스퍼트도 아닌 용병은 어떠할까? 어제 본 용병이 오늘 전투로 인해 차가운 전장에 목 없는 시체로 남아 있는 경우가 허다했다. 그 속에서 살아남았고, 상상조차 할 수 없을 정도의 실력을 숨기고 있었다.

'도대체 알 수 없는 사람이다.'

알 수 없었다. 그의 말은 전혀 틀린 구석이 없었다. 최상급의 기사조차 상대하기 껄끄러워 하는 바질리스크를 마음대로 다루는 것을 보아 그는 익스퍼트의 경지에 오른 것이 분명했다.

어쨌든 알 수 없는 사람이지만 자신이 형님으로 모시기에는 충분한 사람임에 틀림없었다. 아니, 차고도 넘쳤다. 그래서 이 기회를 꽉 잡을 생각이었다.

"그 인연, 조금 더 발전시켜 볼 생각 없수?"

"바라는 게 있나?"

"척하니 알아들으니 말하기는 편하우. 있수."

"뭔가?"

"나 좀 키워주슈."

아론이 제라르를 바라봤다. 제라르는 아론의 눈을 피하지 않았다.

"평생 동안 하급의 경계를 넘지 못한 사람도 수두룩하다."

"알고 있수. 배부른 소리라는 것을 말이우. 하지만 그래도 욕심나는 것을 어쩌겠수. 그리고 이왕 형님으로 모시고 빌붙을 거 확실하게 빌붙고 싶수. 형님은 이떨지 모르지만 나에게는 이것이 기회유. 평생 한 번 찾아올지 모를 절호의 기회 말이우. 이 기회를 놓치고 싶지는 않수."

"내가 널 믿어야 할까?"

"믿지 않으면 어쩔 수 없수만 나는 형님을 믿수."

흰 이를 드러내며 웃어 보이는 제라르를 바라보던 아론이 시선을 거두며 입을 열었다.

"힘들 거다."

"세상에 힘들지 않은 것이 있수? 먹고사는 것도 그렇고 심지어는 숨 쉬고 사는 것도 힘들잖수."

"그렇긴 하지."

용병들은, 특히나 마나를 깨닫지 못하는 대부분의 용병들은 정말 숨 쉬고 사는 것도 힘들다.

쥐꼬리만 한 권력이지만 그 권력에 휘둘려 할 말도 제대로 못 하고, 받을 돈도 제대로 못 받고 억울한 삶을 살아가야 하는 게 용병들이다.

오죽하면 유저로 남은 용병들의 최상의 덕목이 있는 듯 없는 듯 살고, 그 기본 모토가 가늘고 길게 살자는 것일까?

지금까지 아론 역시 있는 듯 없는 듯 가늘고 길게 참고 살아왔지 않은가?

그것은 익스퍼트 하급이어도 마찬가지였나 보다. 마나를 각성하지 못한 유저들의 입장에서는 돈 잘 벌고 그나마 목에 힘깨나 준다고 생각하던 하급의 익스퍼트도 말이다.

'괜찮을까?'

'이제… 내가 없어도 되지 않나?'

힘없는 백두산의 음성이 들려왔다. 그에 아론은 안타까운 마음이 들었다.

평생을 통틀어 가장 마음에 맞는 친구가 생겼다고 생각했다. 그런데 그 친구가 점점 죽어가고 있었다. 가슴 한편이 아려왔다.

'물었잖아.'

'너도 알잖아. 제라르 그놈, 믿을 만하다는 것을 말이야.'

'그래, 믿을 만하지.'

'그러니까 줘도 돼. 힘들다. 말 시키지 마라.'

'나는… 네가 사라지는 것이 싫다.'

아론의 안타까운 말에 백두산은 힘없이 피식 웃었다.

'아직 아니거든? 적어도 두 달은 남았거든?'

'평생을 같이할 수는 없나?'

'미친놈. 어찌 하나의 육체에 두 개의 영혼이 깃들 수 있을까? 그것도 동일한 차원의 영혼도 아닌 전혀 다른 차원의 존재가 말이야.'

'그래도 욕심은 나는군.'

'바랄 것을 바라라. 그리고 이제 나도 좀 쉬고 싶다. 네 그 돌대가리를 깨느라 너무 힘들었으니까.'

'아직 내 돌대가리가 덜 깨진 것 같은데?'

'흉악한 놈. 그 정도로 날 부려먹었으면 쉬게 해줄 줄도 알아야지.'

그러면서 서서히 백두산의 존재감이 사라지고 있었다.

아론은 안타까웠다. 하지만 이것은 자신의 힘으로 어쩔 수 없었다. 언젠가는 겪어야 할 일이었다.

'설마 내가 이렇게 될 줄은 몰랐군.'

씁쓸하게 웃고야 마는 아론. 하나 그의 얼굴에 별다른 표정은 드러나 있지 않았다.

"각오는 해야 할 거다."

"크헐헐, 여부가 있겠수. 교육을 빙자해 죽인다 해도 형님을 원망하지는 않겠수."

"실없는 소리는."

"으허허허, 고맙수, 고마워."

제라르는 진정으로 고마워하고 있었다.

"대신 조건이 있다."

"무슨 조건이우. 애먼 사람 죽이라는 말만 빼고는 다 따르 겠수."

"그 누구에게도 말하지 마라."

"예?"

"내가 하급 수준이 아니라는 건 너와 나만의 비밀이라는 거다."

"살아남은 대원들도 봤수만."

"그건 네가 알아서 해결해야지."

"아니, 멀쩡히 다 봤는데 그걸 어떻게……."

"그것까지 내가 신경 쓸 수는 없지."

"그냥 차라리 그놈들도 다 포함시키쇼."

"스무 명을 다? 맥심까지?"

"아! 맥심은 제외시키고 말이우. 그 쌍놈의 새끼는 아마 적 당히 뺄 것 빼고 곤질렀을 거유."

맥심은 순진한 사람이 아니었다. 닳고 닳은 용병이었다. 타 인의 목숨보다 자신의 목숨을 더 위하는 용병이었다. 그런 사 람이 곧이곧대로 5천인대장에게 말했을 리 만무했다. 자신에 게 유리하게 꾸몄을 것은 자명한 일.

"그들도 하겠다고 한다면."

"알겠수."

환하게 웃으며 답하는 제라르였다. 아마도 아론이 제라르를 끌어들인 이유도 바로 제라르의 이런 순수한 면 때문인지도 몰랐다. 제라르는 아직까지 물들지 않았다기보다는 썩지 않았다. 그래서 그가 자신을 형님이라고 부르는 것을 허용했는지도 몰랐다.

기뻐하며 살아남은 대원들이 있는 곳으로 빠르게 걸어가는 그의 등을 바라보며 아론은 작게 고개를 끄덕였다.

'어쩌면 저런 면 때문에 내가 그를 선택했는지 모르지. 물론 그가 가진 재능 또한 만만치 않고.'

제라르는 어떠할지 모르나 아론은 다분히 의도적이라 할 수 있었다. 그 의도가 좋은 쪽으로 발전했을 뿐. 그리고 굳이 그런 의도를 말해 자신에 대한 신뢰를 깨고 싶지는 않았다. 자신도 나쁘지 않고 그도 나쁘지 않으니 말이다.

'일단은 아주 작은 기반은 마련된 셈인가? 그런데…….'

서서히 걸음을 옮기며 아론은 자신의 생각을 정리해 가고 있었다.

'내가 원하는 것은 뭐지?'

문득 든 생각이다. 전장에서 죽었고, 전장에서 다시 깨어났다. 그리고 달라진 자신의 모습을 깨달았고, 이제는 서서히 적응해 가고 있었다.

이 세계에 없던 지식이 홍수처럼 쏟아져 들어왔고, 일자무식이던 자신이 적에게 훔쳐낸 알지도 못하는 시베리아 제국의 글을 자유자재로 읽을 수 있게 되었다.

게다가 상황에 맞는 시기적절한 대응과 눈 하나 깜짝하지 않고 진실과 거짓을 섞어 하나의 스토리를 만들어내는 능력까지 자신의 능력은 무한대로 확장되어 가고 있었다. 이제는 무서울 정도였다.

그가 어떤 목적을 위하여 굴욕적으로 머리를 숙이는 것이 아니라 스스로의 생각에 의해 머리를 숙이고 타인의 마음을 이용하는 일이라면 과거에는 있을 수 없는 일이었다.

'나는 강자가 아니라 약자였으니까. 먹이사슬의 최하층에 있는 초식동물 말이다.'

이 생각조차 과거라면 생각할 수 없는 일이었다. 그런데 자신은 아주 자연스럽게 자신의 입장을 정리하고 파악해 나가고 있었다. 스스로 세력을 만들기 위해 사람의 마음을 움직이고, 자신을 감추기 위해 상대를 속이는 일도 없었을 것이다.

'당황스럽긴 해도 딱히 나쁘지는 않아.'

그랬다. 나쁘지 않았다. 아니, 오히려 좋았다. 과거였다면 입을 헤벌쭉 벌리며 미쳐 날뛰었을 것이다. 하지만 지금은 당연한 듯 차분하기 그지없었다. 그러는 동안 그는 어느새 살아남은 스무 명이 머무는 곳으로 발을 내딛고 있었다.

"오셨수."

그를 맞이한 것은 역시 제라르였다. 그의 얼굴이 활짝 펴진 것이 자신이 의도한 대로 흘러간 모양이다.

아론의 시선이 그들에게로 향했다. 그들의 눈동자에는 기대감이 어려 있었다.

"죽을지도 몰라."

"까짓, 한 번 죽었던 목숨이오."

한 명의 늙수그레한 용병이 그런 것쯤은 상관없다는 듯이 입을 열었다.

"마나를 느끼고 익스퍼트에 들 수만 있다면야 뼈가 부러지더라도 해볼 만하지 않겠수."

"재능이 없다면 불가능하지."

"그래도 내 비록 하잘것없는 용병으로 지냈지만 인생을 그렇게 요령만 부리며 살지는 않았수. 큰 것을 얻기 위해서는 그만한 고통이 따른다는 것쯤은 알고 있수. 그리고 이미 죽었던 목숨이 아니우. 살려준 것도 대장이고 말이우. 그러니 마나를 깨닫지 못한다고 해서 원망하지 않수. 어느 미친 용병이 자기도 죽을지 모르는데 다른 목숨을 생각한단 말이우."

말을 꽤나 논리 있게 잘하는 용병이었다.

"이름이?"

"브라이언이우."

"말을 잘하는군."

"나이를 먹다 보니 그렇게 됐수."

히죽 웃으며 답하는 브라이언이다.

"모두 승낙한 것인가?"

"아니, 그렇지는 않수."

그의 곁에 있던 제라르가 입을 열면서 턱짓했다. 한쪽 편으로 주로 나이든 축에 속하는 용병들이 무덤덤한 모습으로 아론을 바라보고 있었다. 그들 옆에는 마치 금방 떠날 것처럼 짐이 놓여 있었다.

"떠나는 건가?"

"이젠 힘이 드오. 더 있을까도 생각했지만 이쯤해서 그만두는 것이 좋을 듯해서 말이오. 방금 전에 인사부에 퇴역 신청을 하고 오는 길이오."

"목숨값은 받았나?"

"뭐… 얼마 정도는."

다 받지 못한 모양이다.

중간 정산을 해도 꽤 돈이 될 터인데 있는 그대로 받고 나갈 수 있는 이는 상당히 드물었다.

급행비다, 혹은 정리다 해서 이리 떼이고 저리 떼이다 보면 생각한 것보다 턱없이 모자라게 마련이었다.

아론은 자신의 품속을 뒤졌다. 묵직한 가죽 주머니가 그의 손에 들려졌다. 전장에서 깨어났을 때 전장의 시체를 뒤지면서 얻은 돈과 그가 악착같이 모은 돈이다.

쩔렁!

그것을 전쟁 용병을 그만두고 고향으로 돌아가겠다는 이들 앞으로 던졌다. 그들은 꽤나 묵직해 보이는 가죽 주머니와 아론을 번갈아 바라봤다. 의미를 알 수 없다는 표정이다.

"가져가."

"이걸 말이오?"

"고생했잖아."

"하지만……."

"난 아직 전쟁 용병을 관둘 생각이 없거든."

"그건 모를 일이지 않소?"

"그건 그렇지."

"못 받겠소."

"괜찮아, 가져가."

못 받겠다고 버티는 용병들과 그냥 가져가라는 아론. 하지만 더 이상 용병들은 거부하지 않았다. 준다는데 마다할 이유가 없었다. 두어 번 뺐으니 그 정도면 나름 상대에게 예를 차린 것이다.

"그럼 염치 불구하고 받겠소."

"가서 잘살아."

"고맙소."

그러면서 짐을 들고 자리에서 벗어나는 용병들. 축 처져 있
던 그들의 어깨가 조금은 올라가고 발걸음이 조금 더 가벼워
졌다.

"형님, 미쳤수?"

"왜?"

"그 돈이 어떤 돈인데……."

"목숨값이지."

"그래서 하는 말이우. 계약 기간을 채우지 못하고 가서 원
래 금액의 6할을 넘기지는 못했겠지만 그 돈만으로도 상당히
짭짤하우. 그런데 왜?"

"저들이 6할을 받았다고 누가 말하던가?"

"아니, 그게 무슨……?"

무슨 말도 안 되는 소리냐는 듯이 아론에게 물어보려는 제
라르였다. 하지만 아론은 그 말을 듣지 않고 이미 자신의 자
리에 턱 누워 눈을 감아버렸다. 그때 브라이언이라고 한 늙은
용병이 제라르를 말리며 고개를 저었다.

"알고 있수?"

"급행비로 뇌물을 주고 행정 절차를 들어 2할은 떼어갔을
거네. 물론 그놈들이 일부는 착복하고 상납하겠지만 말이네."

"아니 그런……."

인상을 팍 구기는 제라르였다. 자신도 알고 있었다. 흥분해

서 잠깐 잊어먹고 있었을 뿐.

"니기랄."

그러면서 애꿎은 돌멩이를 발로 차는 그였다. 입맛이 썼다. 저들은 어쩔 수 없을 것이다. 익스퍼트의 용병이라면 그나마 반 협박을 해서라도 받아낼 건 모두 받아내겠지만 저들은 아니었다.

"후우~"

제라르는 긴 한숨을 내쉬며 팔베개를 하고 눈을 감은 아론 곁에 털썩 주저앉았다.

"앞으로 어쩔 거유?"

"훈련해야지."

"그거 말고 말이우. 내 보기에 수중에 있는 돈 탈탈 턴 것 같은데 말이우."

"동생 덕 좀 보지."

눈도 뜨지 않고 답하는 아론을 멀뚱하게 바라보던 제라르가 한숨을 푹 내쉬며 고개를 저었다.

"언제부터 시작할 거유?"

"다들 잘 때."

"눈을 피해서 말이유?"

"광고할 일은 없으니까."

"알았수. 뭐, 훈련 교습비라고 칩시다. 에라, 나도 모르겠다."

그러면서 아론 옆에 팔베개를 하고 누워버리는 제라르였다. 하지만 눈은 감지 않았다. 시퍼런 하늘에 조각처럼 구름이 흘러가는 한가로운 오후였다.

*　　*　　*

"이걸 누가 가져왔다고?"

"용병 제1만인대 만인대장 바이탈 크랙입니다."

"여우가 직접?"

"그렇습니다."

"혼자?"

"작전참모 크리튼 마우저와 함께 왔습니다."

"그렇지. 바늘 가는데 실이 안 올 수 없지. 전장의 여우와 블러디 베어가 함께라……. 재미있군. 들여보내."

"알겠습니다."

보고를 올린 이가 문을 향해 걸음을 옮길 때 사령관 집무실의 문이 활짝 열렸다.

"아이고~ 이거 참, 동부군 사령관님을 보기가 이렇게 어려워서야, 원."

문을 열고 들어선 자는 바이탈 크랙이었다. 그에 당황한 기사들이 빠르게 그를 에워쌌다.

"그만 물러가."

그때 동부군 사령관 엘모어 가이트란 후작의 명령이 떨어졌고, 기사들은 납검을 한 후 자리를 벗어났다.

"오랜만이군. 자리에 앉게."

"아하하하, 역시 오랜만이오."

"그래, 이 서류를 입수했다고?"

"그렇소."

"어디서?"

"회색의 숲 중앙에서요."

"회색의 숲이라……. 그런 작전이 입안되거나 보고된 적이 없는 것으로 알고 있는데?"

"만인대장쯤 되면 독자적인 작전이 몇 개 있지 않겠소?"

"뭐 그렇긴 하지. 문제는 이 서류의 신빙성이겠지."

"장담한다고 말하면 믿지 않을 것 아니오?"

"물론 그렇지."

"확인해 보시오."

"우리가 직접?"

"그렇소."

"회색의 숲은 위험한 지역이야."

"그렇긴 하지만 그 정도의 정보면 충분히 위험을 감수할 만하지 않소?"

"그렇긴 한데……."

"망설이신다면 다른 곳으로 가고 말이오."

가이트란 후작의 모습에 비죽 웃으며 크랙이 자리에서 일어서려 했다.

"급한가?"

"정보는 생명이고 전장에서의 생명은 빨리 소진되오."

"그렇긴 하지. 하면 원하는 것은?"

"아하하! 이래서 내가 사령관 각하를 찾아온 것 아니겠소. 말이 통하거든."

"객쩍은 소리 말고."

"우리의 관계를 조금 더 돈독하게 쌓으면 될 것 같소만."

"관계? 돈독?"

단어를 되풀이하면서 날카로운 눈초리로 크랙 만인대장의 의중을 파악하려 하는 가이트란 후작이었다.

"2용병대에 물자가 상당히 치중되어 있다고 하오만."

"2용병대는 접전 중이니까 우선순위를 두는 게지."

"북부 방면에서 접전을 치르지 않은 곳이 어디 있다고 그러시오. 그리고 말이오. 이제 슬슬 공을 하나 세워야 하지 않겠소?"

"공?"

"그 정도면 전선을 상당히 밀어 올릴 수 있을 텐데 말이오."

"그래서 원하는 것은?"

"아하하하! 뭐… 간단하오."

그러면서 손가락을 들어 동그랗게 말아 보이는 만인대장이었다. 가이트란 후작은 단박에 그 뜻을 알아차렸다. 돈을 원하는 것이 아니었다. 자신의 비리를 덮어달라는 말이었다. 지금 현재 1만인대장에 대한 평판이 상당히 좋지 않았다.

전역한 용병들의 돈을 갈취하고 각종 이권 사업에 관여해 착복한 금액이 천문학적이었다. 그것을 알면서도 그를 처벌하지 않은 이유는 그나마 이 전선을 유지하는 데 상당히 호의적이었기 때문이다.

하지만 지금은 여러 곳에서 압박을 받고 있었다. 자신의 위치와 상황이 좋지 않음을 깨달은 그가 먼저 선수를 치고 들어온 것이다.

"저질러 놓은 것이 원체 많아서 말이네."

"1할!"

"쯧! 3할!"

"그렇게는……."

"먹은 것이 있으면 토해내야지. 그리고 그동안 혼자 먹은 것 치고는 적은 금액일 텐데?"

"관계된 사람도 있지 않소?"

"그건 내 알 바 아니지. 하지만 그렇지 않으면 만인대장의 자리가 위험할 수도 있지."

"끄응."

가이트란 후작은 정확하게 현 상황을 꿰뚫어 보고 있었다. 그는 귀족이고 정치인이었다. 많은 돈이 필요했다. 그 돈이 검은 돈이든 깨끗한 돈이든 상관없었다.

"알겠소."

"좋군, 조사대를 꾸리겠네."

"무마해 주는 것이오?"

"선을 넘지 않으면."

"좋소, 그러면 회색의 숲에서 살아온 이들을 붙여 길잡이를 하도록 하겠소."

"길잡이? 필요 있을까?"

"그래도 회색의 숲이잖소."

"그런가? 그러도록 하지. 그리고 기억하게. 매달 3할이라는 것을 말이야. 속일 생각은 하지 않는 것이 좋을 게야."

"큽. 알겠소."

CHAPTER 5

신고식

"이들이 전부인가?"

한 명의 기사가 눈살을 찌푸리며 못마땅한 듯 입을 열었다.

"길잡이로 일곱 명이면 되지 않겠소? 인원이 많아봐야 무슨 도움이 되겠소."

"그렇긴 하군."

대화를 하고 있는 두 명의 인물은 동부군 군단 사령부에서 회색의 숲을 정찰하기 위해 파견된 기사 길버트 프라우디르과 용병인 동부군 제1만인대의 작전참모였다.

그들은 지금 회색의 숲을 정찰하기 위해 길잡이 용도로 사용될 용병들을 선발하기 위해 걸음을 옮기고 있었다.

대외적으로는 선발이었지만 이미 정해져 있었다. 회색의 숲에서 잘못된 정보로 인해 한 개 백인대가 작살나고 겨우 스무 명 남짓 살아남은 5백인대의 대원들일 것이다.

어느 정도 인원이 될까 싶어서 서류를 받아 든 프라우디르 정찰대장은 길잡이로 겨우 일곱 명이라는 말에 실망의 기색을 드러내 보였다.

회색의 숲이라면 결코 쉬운 곳이 아니었다. 그곳에서 살아왔다면 실력이 상당하다는 것이고, 아무리 용병이라지만 그 정도면 정찰에 상당히 도움이 될 수 있기 때문이었다.

애초에 알기로는 스물두 명이었지만 지금은 고작해야 일곱이었다. 그래서 실망한 것이다.

"그래도 조장과 부조장이 하급이니 쓸 만은 할 거요."

"일곱 중 둘만 하급이라고?"

"그렇소."

"하면 둘만 데려가도록 하지."

"아니, 왜……?"

"결국 그들이 살아 돌아온 것은 그 둘 덕분이 아니겠나?"

"뭐, 아무래도……."

"정규 훈련도 받지 못한 병력이라면 오히려 불협화음이 일어나기 쉽지. 그리고 하려면 확실하게 하는 것이 낫지 않겠나?"

"그렇기도 하겠소."

순간 작전참모는 그가 무언가 다른 명령을 받고 왔다는 것을 직감했다. 그리고 그 명령이 결코 좋지 않은 것이라는 것도 말이다. 확실하게 하겠다는 말에서 알 수 있었다. 하지만 겉으로는 표내지 않고 담담하게 답하는 작전참모였다.

공을 가로챈다는 암묵적인 허락하에 작전에 대한 문서를 조작하고, 작전에 참여한 용병들을 회유해 공적을 조작했다. 그것이 가능했던 이유는 바로 정규군과 용병들의 물과 기름과 같은 관계를 교묘하게 이용해 경쟁 심리를 자극했기 때문이었다.

기실 정규군과 용병들 사이에는 알게 모르게 알력이 존재하고 서로를 배척했다. 정규군은 근본도 모르는 놈들이라며 용병들을 헐뜯었고, 용병들 입장에서는 같은 평민임에도 유세를 떠는 정규군들이 꼴 보기 싫었다.

프라우디르 정찰 백인대장이나 용병 만인대의 작전참모 모두 그것을 모를 리 없었다. 그리고 기본적으로 기사들은 용병들을 인정하지 않았다.

물론 용병이 마스터라면 혹시 인정할지도 몰랐다. 하지만 소드 마스터가 되기란 하늘에 별 따기라고 하니 용병이 인정받기란 거의 불가능하다고 할 수 있었다.

'결정적으로 용병들은 구심점이 없다는 거지.'

그랬다. 마법사에게는 바벨의 탑이라는 4대 마탑이 존재했고 기사들에게는 에퀘스의 성역이 존재했으며, 귀족들에게는 황제가 존재했다. 하지만 용병에게는 그저 죽으면 불려 간다는 안식의 대지라 불리는 전설만 존재할 뿐이었다.

'안타까운 일이지. 용병 중에도 마스터가 있기는 하지만 누구 하나 절대적인 힘이 있어 수천만의 용병을 한데 묶을 수 있는 자가 없으니 이들이 용병을 가볍게 여기는 것은 어쩌면 당연한 일일 수도.'

몇 번의 시도는 있었다. 하나 모래알과 같은 용병들의 특성이 모두를 한데 모으는 것을 방해했다. 그러하니 시도는 그저 시도로 끝날 수밖에 없었다. 어쨌든 작전참모는 프라우디르 정찰 백인대장이 단순히 정찰만을 위해서 이곳으로 파견된 것은 아님을 알 수 있었다.

아마도 둘만 길잡이로 이용하겠다는 의미는 동참을 요구하는 것이 분명했다. 혼자 죽을 수는 없는 일이니까 말이다. 그 연유는 바로 두 명이 길잡이로 함께하면 남은 다섯 명은 자연적으로 진중에 남게 된다.

그 다섯 명에 대한 처분은 만인대에 맡기는 것이다. 이미 같은 배를 탔으니 절대 빠져나갈 수 없고, 후에라도 배신할 수 없게 말이다.

작전참모는 프라우디르 정찰대장의 말에서 그것을 느낄 수 있었다. 그러는 동안 그들은 어느새 특임대라는 명칭을 달고 따로 자리가 마련되어 옹기종기 모여 있는 곳에 도착했다.

일곱 명의 용병이 제멋대로 널브러져 있다. 군기라고는 찾아보려야 찾아볼 수 없는 모습에 프라우디르 정찰대장은 눈살을 찌푸렸다.

"허험! 특임대장은?"

그에 작전참모가 먼저 나섰다. 그제야 잔뜩 인상을 찌푸리며 고개를 들어 그들을 바라보는 용병. 마치 무슨 파리가 날아다니는지 귀찮아 죽겠다는 표정이다.

"대장! 대자앙!"

그러다 고개를 살짝 돌려 외쳐댔다. 그에 멀지 않은 곳의 나무둥치 아래 그늘에 앉아 있던 이가 자리에서 일어나 엉덩이에 묻는 흙을 툭툭 털고 터벅터벅 걸어왔다.

"무슨 일이오?"

"작전이네."

작전참모의 말에 슬쩍 기사를 바라보던 아론이 슬쩍 고개를 끄덕였다.

"다 가는 거요?"

"아니, 자네와 제라르 둘만 가네."

"언제까지 준비하면 되오?"

"저녁에 출발할 거네."

"어디로 가면 되오?"

그에 작전참모는 아론에게 얇은 양피지를 한 장 건넸다. 그것을 받아 드는 아론. 하지만 작전참모는 양피지의 끝을 잡고 놓지 않았다.

"글은 읽을 줄 아나?"

"아오."

"그럼 다행이군."

그제야 양피지의 끝을 놓아주는 작전참모이다. 아론은 서슴없이 양피지를 펼치고 주욱 읽어 내렸다. 그러고는 중앙에서 여전히 불길을 유지하고 있는 화톳불 속으로 집어 던져 버렸다.

"그때 봅시다. 아! 그리고……."

"할 말 있나?"

"특임 수당은 주는 거요?"

"특임… 수당?"

되물어보는 작전참모에 아론은 기사를 흘깃 보며 입을 열었다.

"특임대고 위험한 일이오. 설마 우리에게 충성심을 강요할 요량이오?"

"얼마면 되나?"

물음은 작전참모의 입이 아닌 기사의 입에서 흘러나왔다.

"두당 10골드는 줘야 하지 않겠소?"

그에 기사의 눈썹이 꿈틀거렸다. 결코 적지 않은 금액이다. 5인 가족 한 달 최저 생활비가 8실버 정도이고, 익스퍼트 하급에 이른 전쟁 용병 15일 채용 금액이 25실버인 것을 보면 말이다.

"두 명이니 20골드면 되나?"

"그 정도면 적당하지 않겠소?"

"그런가?"

그러면서 품속에서 가죽 주머니 하나를 꺼내 아론의 앞으로 던지는 프라우디르 정찰대장. 슬쩍 가죽 주머니를 바라본 아론은 허리를 굽혀 가죽 주머니를 주웠다.

"과연 용병이라는 건가? 돈 앞에서는 자존심조차 없구만. 그리고 특임 수당이라기보다는 그저 길잡이 수당이라고 해두지."

이죽거리는 프라우디르 정찰대장의 말에도 아론은 전혀 개의치 않았다. 무덤덤하게 가죽 주머니를 받아 어느새 자신의 곁에 서 있는 제라르에게 넘기며 메마른 웃음을 떠올리고 입을 열었다.

"자존심이 밥을 주지는 않더이다. 그리고 싸우지 않아도 되는 일이니 좋구려."

"큭, 뚫린 입이라고……"

"아! 왜 이러시오. 용병이라는 것이 원래 그런 것을 말이오. 돌아갑시다. 그리고 자네는 명령서대로 지정된 시간에 지정된 장소로 나오게."

"그럽시다."

둘의 대화에 작전참모가 끼어들어 상황을 마무리하고는 서둘러 자리를 벗어났다.

"아오~ 니미. 지들은 안 처먹고 똥 안 싸나? 별 그지 깽깽이 같은 새끼가……."

"대원들에게 적당히 나눠 줘."

"쿵. 알겠수."

대원들이라고 해봐야 몇 명 되지도 않는다. 오뉴월 개 혓바닥 늘어지듯 늘어져 있던 대원들은 기사와 작전참모가 사라지자 언제 그랬냐는 듯 일어나 아론의 곁으로 모여들었다. 제라르는 그들에게 가죽 주머니를 열어 나누고자 했다.

"이걸 왜 우리에게 주는 거유?"

"대원이니까."

간단하게 답하는 아론. 하지만 대원들은 고개를 저었다.

"받을 수 없수. 보아하니 회색의 숲에 가는 모양인데 그 가죽 주머니 안에 든 물건은 대장과 부대장의 목숨값이지 않소."

받기를 마다하는 용병을 바라보던 아론의 입이 열렸다.

"남는다고 해서 과연 안전할까?"

"그게 무슨……."

아론의 말에 용병은 당황했다. 무슨 말인지 몰랐기 때문이다. 그에 답답하다는 듯이 제라르가 아론이 말한 의미를 설명했다.

"여기에 남는다고 해서 너희들이 안전하지는 못할 거라는 말이다."

"그게 무슨 말이유?"

"너희들도 알고 있지? 만인대장이 욕심이 많다는 것을 말이야."

"말해 뭣 하겠수."

"그리고 소문에 그에 대한 내사가 진행 중에 있다는 것도?"

"그런 소문이야 허구한 날 있던 것인데 무슨 새삼스럽게……."

"그럼 정리해 보자. 만인대장은 어떻게 지금의 상황을 돌파할까? 여명 작전 이후 서부군에 밀리고 있는 동부군. 비리에 연루되어 조사를 받고 자리를 내놓아야 할 처지에 있는 만인대장이라면 말이야."

"뭐… 둘이 협잡이라도 했다는 거유?"

"안 할 이유는 없지. 그리고 그것이 그들이 현 상황을 수습할 수 있는 최선의 선택이고."

"그런데 그것이 우리와 무슨 관계가 있단 말이우?"

"관계가 있지, 아주 큰."

의미심장하게 답하는 제라르.

"답답하네. 스무고개 하지 말고 시원하게 지르슈."

"바로 이번 작전에 대한 공이지."

"공?"

"만인대장은 협상을 했을 거야. 회색의 숲 중앙에 위치한 적의 보급기지를 발견한 공을 그들에게 넘기기로. 대신 내사를 중지시켜 주거나 없는 일로 해달라고 했겠지. 그곳으로 가는 것은 형님하고 나지만 이곳에 남아 있다고 해서 결코 안전한 것은 아니야."

"그 말은… 죽은 자는 말이 없다는?"

"그렇지. 공을 가로채기 위해서는 그에 관계된 모든 것을 없애야 하겠지. 증거는 물론 사람까지도 말이야."

"설마……."

"설마? 설마가 사람 여럿 잡았다."

"그, 그럼 큰일 난 것 아니우?"

약간은 조심스러운 듯 입을 여는 더글라스였다.

특임대를 구성하는 일곱 명 중 두 번째로 나이가 많은 그인지라 그의 말은 아론과 제라르를 제외한 나머지 다섯 명의 생각을 대변하고 있는 것이나 다름없었다.

"큰일은 큰일이지. 그런데 뺄 수도 없잖수."

"그렇긴 한데……."

모두의 시선이 아론에게로 향했다.

"전역을 신청해."

"그 후에는……."

"숨어야지."

"저들이 전역을 받아줄지……."

"부대 내에서보다 부대 밖에서가 더 사고로 위장하기 쉽지. 지금은 전투가 없으니 더더욱."

아론의 말에 고개를 주억거리는 브라이언이다.

"내가 숨기 좋은 곳을 알고 있소."

확실히 가장 나이가 많고 전장에서 오랫동안 살아남은 그 인지라 빠르게 안정을 되찾고 대책까지 내놓았다.

"내가 없는 동안 대원들을 부탁하지."

"알겠소."

"다 된 것 같군."

그러면서 자리를 털고 일어나는 아론이었다. 그를 따라 제 라르가 움직였고, 나머지 용병들 역시 주섬주섬 주변의 물건 을 챙기기 시작했다. 만약 아론의 말대로라면 전역을 신청하 는 그 순간 받아들여질 가능성이 높기 때문이다.

"영감만 따라가면 되오?"

"이 영감의 실력을 보여주마."

마이크의 물음에 히죽 웃으며 답하는 브라이언이었다. 그에 남은 다섯 명 역시 따라 웃었다. 긴장감이 적잖게 해소된 얼굴들이다. 그러한 그들을 뒤로하고 아론과 제라르는 걸음을 옮겨 지정된 장소로 이동하고 있었다.

진영 곳곳에 화톳불이 밝혀졌고, 어느새 병사들은 취침 준비를 하고 있었다. 어느 누구도 그 둘을 주목하는 이는 없었다. 그들이 움직이는 곳을 따라 용병들의 모습이 점점 사라졌고, 화톳불 역시 사라졌다.

그들이 지정된 장소에 도착했을 때는 이미 기사들과 병사들이 모든 준비를 마쳐 놓고 있었다.

"늦었군."

그들의 존재를 한눈에 알아보고 기사가 불퉁스럽게 입을 열었다.

"그쪽이 빠른 것이겠지."

처음 프라우디르 정찰대장에게 한 것처럼 경어를 사용하지 않는 아론의 태도에 인상을 찌푸리는 기사였다.

"놈! 뚫린 입이라고 말을 함부로 하는구나."

"어차피 소속이 다르다. 그리고 용병에게 예의를 바란다는 것이 더 문제이지 않는가?"

"죽고 싶은 모양이로구나."

그러면서 검병을 잡아드는 기사의 모습을 보고 아론이 슬며시 흰 이를 드러내 보이며 위협했다.

"그 검, 꺼내면 죽는다."

"뭐?"

기사의 물음에 스산한 기운이 감돌기 시작하는 아론의 모습이다. 그 모습이 섬뜩하기 그지없었다. 아론이 이렇게 강하게 나가는 이유는 용병이나 기사나 똑같이 기세 싸움이라는 것이 있다.

내가 강자냐 상대가 강자냐를 판별하기 위한 기세 싸움이다. 그런 기세 싸움을 익히 알고 있는 기사들이나 병사들은 호기심 어린 표정으로 둘을 바라봤다.

정찰 백인대라고는 하지만 병사들을 제외하고 기사들은 모두 익스퍼트였다. 물론 기사라고 해봐야 고작 32명이지만 32명의 기사 중 상급이 한 명이고 중급이 한 명, 그리고 나머지는 하급이라고 치면 트롤 정도는 가볍게 사냥할 수 있는 전력이다.

병사들과 마법사들까지 더해진다면 오거 정도는 무리 없이 사냥할 수 있었다. 바질리스크가 아무리 강하고 회색 오크가 아무리 무리를 이룬다고 해도 이런 전력을 당해내기에는 무리가 있었다.

정찰을 할 수 있는 확실한 전력을 보낸 것이다. 또한 때에 따라서는 적 보급기지를 기습할 수도 있는 병력이었다. 또한 그런 만큼 정예 중의 정예라고 할 수 있었다. 그리고 그만큼 호전적이기도 했다.

다들 하던 일을 멈추고 긴장감이 흐르고 있는 둘을 바라보고 있다. 그것은 프라우디르나 픽스틴 부관도 다르지 않았다. 심지어 마법사들조차도 오랜만의 유흥거리라는 듯이 흥미로운 눈빛으로 바라보고 있었다.

모두의 시선이 자신에게 집중되어 있는 것을 느낀 기사는 입꼬리를 말아 올려 흰 이를 드러내며 잔인하게 웃었다.

"길잡이는 한 명이면 충분하지."

그러면서 슬쩍 한 걸음 뒤로 물러나 있는 제라르를 보며 물었다.

"너도 함께할 텐가?"

그에 제라르 역시 흰 이를 드러내 진득하게 웃으며 입을 열었다.

"한 사람이나 제대로 감당해 보지 그러나?"

"실력에 자신이 있나 보지?"

"주제를 모르고 시비 거는 한 놈쯤은 작살 낼 수 있을 정도지."

"크크, 그놈 참 주둥이 놀리는 솜씨는 최상급이로군."

"문제는 내 주둥이와 싸우는 것이 아니라 내 앞에 있는 형님하고 싸우는 것이겠지."

"형님?"

제라르의 말에 살짝 아론을 살펴보는 기사. 사실 기사는 나름의 계산이 서 있었다. 용병이 드센 것은 말할 것도 없다. 특히나 후방에서 호위 용병을 하거나 영지전에 참여하는 용병보다는 전쟁을 치르는 용병들이 더욱더 드셌다.

그러하기에 초장에 기를 팍 꺾어놓지 않으면 다루기가 힘들었다. 그러한 면에서 신고식은 반드시 치러져야만 했다. 그중 조금 더 나이 들어 보이고 조금은 평범해 보이는 아론을 택했다. 한데 형님이라는 말이 들려왔다.

약간은 조심스럽게 아론을 바라봤다. 딱 익스퍼트 하급의 수준이다. 마나의 흐름이 거친 것이 이제 갓 각성한 수준이었다.

'기우일 뿐.'

하지만 한 가지 걸리는 것이 있었다. 용병들은 형님, 동생을 아주 쉽게 한다. 어제 만났어도 형님이고, 방금 전에 봤어도 동생이다. 그런데 기사가 아주 잠깐 느낀 제라르의 말 속에는 그저 그런 용병들의 가벼운 호칭이 담겨 있지 않았다.

그래서 애써 부정했다. 그리고 아론을 바라봤다.

"별일 없으면 비켜주지?"

"별일? 당연히 별일이 있지."

"아직 안 끝난 모양이군."

나직하게 한숨을 내쉬며 아론이 고개를 저었다.

"당연히."

그러면서 눈부시게 빠른 동작으로 검병을 잡고 검을 빼들었다. 그러고는 지체 없이 아론의 목을 향해 검끝을 폭사시켰다.

"깔끔하군."

그 모습을 보며 프라우디르 정찰 백인대장은 고개를 끄덕이며 기사를 인정했다. 그리고 볼 것도 없다는 듯이 고개를 돌려 버렸다. 이미 상황은 끝났다고 판단한 것이다. 그것은 부관이나 마법조장인 이글레이사도 마찬가지였다.

퍽!

그런데 그들의 귓가에 들려온 소리가 예상한 것과 전혀 달랐다. 그에 프라우디르 정찰 백인대장과 그의 부관, 그리고 이글레시아 마법조장이 동시에 고개를 돌렸다. 그리고 그들의 눈동자가 잠시 흔들렸다.

어느새 아론은 기사의 검을 피해내고 기사와 딱 붙어 있었다. 그의 말아 쥔 주먹은 정확하게 기사의 복부에 틀어박혀 있고, 기사는 눈을 부릅뜨고 입을 떡 벌린 채 검을 쥔 손을 바르르 떨고 있었다.

아론은 기사의 복부에 박힌 자신의 주먹을 꺼내지 않고 그대로 스윽 밀었다. 그에 기사는 아무런 저항도 하지 못하고 그대로 뒤로 넘어가고 있었다. 말도 안 되는 일이 벌어진 것이다. 아직 전투 중이 아니어서 풀 플레이트 메일은 입지 않았지만 안에 받쳐 입는 체인 메일은 걸친 상태였다.

그러함에도 단 한 수에 기절할 정도의 충격을 받은 것이다. 기사라면 고된 훈련을 거친 존재들이다. 그런 존재가 기절한다는 것은 그리 쉽지 않은 일이었다. 아론은 그저 무심하게 기절한 채 쓰러져 있는 기사를 보다 주변을 둘러보았다.

"또 있나?"

기사들을 훑어보면서 입을 여는 아론. 그에 한 명의 기사가 앞으로 나왔다.

"방심했나 보군. 여기 치워."

걸걸한 목소리가 흘러나왔다. 아론의 고개가 조금 위로 치켜졌다. 그만큼 앞으로 나온 기사의 신장이 컸다. 게다가 마치 바위를 연상케 할 정도의 단단한 근육과 그 근육 사이에 자리 잡고 있는 자잘한 흉터는 보는 사람을 질겁하게 할 정도였다.

"번데기 앞에서 주름 잡기는……."

그러면서 아론 역시 상의를 탈의했다. 솔직히 탈의할 것도 없었다. 용병들의 레더 메일이라는 것이 다 그렇듯 중요 부위만 몬스터의 가죽을 덧댄 정도이다.

아론이 상체에 걸치고 있던 레더 메일을 벗자 울뚝불뚝한 근육과 상처를 자랑하던 기사의 눈이 살짝 떨렸다.

참으로 유치하기 짝이 없는 행동이었지만 수컷들 사이에서는 상당히 효과적인 기선 제압 수단이라 할 수 있었다. 그 둘의 상체는 상처투성이였다. 물론 아론의 상체에 새겨진 상처는 압도적이라 할 만큼 대단했다.

20년 동안 아로새겨진 상처이다. 아론은 지난 20년 동안 전쟁 용병 생활을 해왔다. 20년 동안 전장에서 살아남은 것 자체가 대단한 일이기는 하지만 그가 살아남은 것에 훈장처럼 아로새겨진 것이 바로 상체를 빼곡하게 새겨진 상처라 할 것이다.

아론의 신형이 비스듬하게 돌려졌다. 그의 팔이 수평으로 기사를 가리키며 손가락이 펴졌다.

까딱까딱.

들어오라는 듯 까딱거리는 그의 손가락. 명백한 도발이라 할 수 있었다.

'감히……'

자존심이 상했다. 자신보다 많은 상처와 자신의 상체를 보고도 전혀 기죽지 않는 용병이 말이다. 거기다 기세조차 죽지 않았다.

"죽고 싶은 모양이로군."

짓씹듯이 말하며 그의 고개가 돌아갔다. 그가 바라본 곳에는 자신을 바라보고 있는 프라우디르 정찰 백인대장이 있었다. 그는 눈으로 물었다. 죽여도 되느냐고. 길잡인데 굳이 둘이나 필요 있느냐고 말이다.

프라우디르 정찰 백인대장은 어깨를 으쓱였다.

'어차피 죽여야 할 용병이라면……'

그러면서 고개를 작게 끄덕였다. 그에 기사는 의미심장한 미소를 떠올리며 바닥에 내려놓았던 거대한 전투 해머 두 자루를 집어 들었다. 오랫동안 사용해 온지라 손에 착 감기는 것이 승리를 예감하게 했다.

"날 죽일 수 있나?"

"크큭, 이제 각성한 주제에……."

"멍청하군. 이제 각성했다 해도 20년의 전투 경험을 얕보다니."

"과연 그럴까? 제대로 된 훈련조차 받아보지 못한 네놈이 말이다."

"그래? 그렇군. 그러면 제대로 훈련 받고 몬스터로 훈련해서 관상용 난초처럼 길러진 네놈의 실력을 보고 싶군."

"그 입 두 번 다시 열 수 없게 해주지."

후웅! 후웅!

두 자루의 배틀 해머를 들고 자유자재로 휘두르며 아론에게 다가오는 기사. 배틀 해머가 휘둘러질 때마다 대기가 찢어지는 듯한 소리가 들려왔고, 긴장감에 터질 듯 부풀어 오른 근육과 상처가 상대에게 위압감을 주기에 충분했다.

하지만 그런 모습을 보고도 아론의 얼굴은 냉막하기만 했다. 그 모습은 흡사 기사의 기세에 눌려 겁을 잔뜩 집어먹고 있는 것처럼 보였다. 모두가 그렇게 생각했다. 하지만 프라우디르 정찰 백인대장과 픽스틴 부관은 조금 달랐다.

'위험하다.'

용병이 위험한 것이 아니라 기사가 위험했다. 하나 말릴 수는 없었다. 말리기에는 너무 늦었기 때문이다.

'쯧. 과연 회색의 숲에서 살아 돌아왔다는 것인가?'

입맛이 썼다. 차라리 처음부터 막았다면 모르되 이미 샤벨타이거에 탄 이후였다. 막을 수는 없었다. 이미 병사들과 기사들의 시선이 모두 그곳으로 향해 있었기 때문이다.

'멍청한 놈. 용병 한 명 제대로 다루지 못하다니.'

픽스틴 부관 역시 그렇게 생각하고 있었다. 그리고 그들의 예상은 정확하게 맞아들어 가고 있었다.

기세 좋게 아론을 향해 쇄도해 들어가는 기사. 그와 동시에 아론 역시 움직였다. 한 자루의 배틀 해머가 아론의 머리를 박살 낼 듯 쇄도해 들어왔다.

가볍게 고개를 숙여 회피한 아론. 곧이어 또 다른 배틀 해머가 시야에서 벗어난 아래에서 위로 불쑥 튀어 들어왔다.

빙글.

왼발을 축으로 몸을 돌려 회피한 아론은 그 탄력을 이용해 상체를 숙이며 튕기듯이 앞으로 폭사했다. 그 순간 그 상황을 지켜보고 있던 이들은 아론의 신형을 눈에서 놓치고 말았다. 시선으로 좇을 수 없는 그의 움직임.

그리고 들려오는 북이 터지는 듯한 소리.

퍼억!

모두의 시선이 소리가 나는 곳으로 쏠렸다. 족히 2미터는 됨직한 거대한 체구의 기사가 허공으로 떠오르고 있었다. 아론의 주먹이 정확하게 기사의 복부에 깊숙하게 박혀 있고, 기사는 허리를 굽혀 일자로 접혀 있었다.

슈화악!

쿠웅!

날카로운 소리가 들려오고 거체의 기사가 날려갔다. 그리고 아름드리나무에 부딪치며 우수수 나뭇잎이 떨어져 내렸다. 기사는 기절했는지 미동조차 없었다.

흥미롭게 구경하고 있던 기사들과 병사들은 입을 쩍 벌린 채 아무런 말도 할 수 없었다.

분명 그들은 마나를 사용하지 않았다. 마나를 사용하지 않았다는 것은 그저 순수한 육체의 힘으로만 싸웠다는 것을 말한다.

그런데 그 순수한 육체의 근력으로 자신보다 머리 하나는 더 큰 존재를 10여 미터나 날려 보낼 수 있는 자가 대체 몇이나 될까?

아론은 오만한 표정으로 기사들과 병사들을 바라봤다.

"또 있나?"

주변은 고요하기 그지없었다. 그런 그들을 보며 아론이 신형을 돌렸고, 제라르가 벗어 던진 그의 레더 메일을 가져와 그에게 걸쳐주었다. 그때 그의 곁으로 다가오는 또 다른 기사가 있었다. 아론은 슬쩍 그를 바라보며 레더 메일의 끈을 조였다.

"신고식을 훌륭하게 치렀군."

"신고식?"

"그렇지. 용병들도 하지 않나?"

"명예를 중시하고 무를 숭상하는 기사들이 용병들과 같이 졸렬한 신고식을 치르게 할 줄은 몰랐군."

아론의 일침에 기사는 쓰게 웃으며 입을 열었다.

"어쩌겠나? 기사도 사람인 것을."

"그렇군. 나는 기사나 귀족은 사람이 아닌 줄 알았지."

"크흐흐, 그 친구 참 마음에 드는군. 난 얀센 크라우프다."

"그런가? 아론. 성은 없지."

"뭐 상관없어. 나 또한 얼마 전까지 성이 없었으니까."

"용병 출신인가?"

"그렇지."

씁쓸하게 답을 하는 얀센. 아론은 슬쩍 주변을 훑어보았다. 그리고 느낄 수 있었다.

"배척당하고 있군."

"뭐, 그렇지."

어깨를 으쓱해 보이는 얀센이다. 그의 얼굴을 빤히 바라보던 아론이 입을 열었다.

"후회하나 보군."

"후회? 후회라……. 어쩌면 그럴지도."

"스스로의 선택을 후회하는 것은 바보들이나 하는 짓이야."

"그런가? 그럴 수도 있겠군. 어쨌든 만나서 반가웠어. 난 이만 돌아가 봐야겠군. 그렇지 않아도 배척당하는데 더 눈 밖에 날까 무서워서 말이지."

"별로 신경 쓰지 않는 표정이로군."

"저들은 지들이 날 배척한다고 생각하지만 내 입장에서는 내가 저들을 배척하는 것이거든."

얀센의 말에 아론은 희게 웃었다. 그의 대담함이 마음에 든 탓이었다.

"이번 여정, 재미있을 것 같군."

"그건 나도 동감이야. 잘해보자고."

그러면서 악수를 청해오는 얀센에게 아론 역시 스스럼없이 손을 내밀었다. 그런 아론의 귀에 대고 얀센이 속삭였다.

"조심해. 분위기상 제거하는 쪽 같으니까."

"얼마든지 오라고 해."

아론의 말에 의외라는 듯이 멀뚱하게 그를 바라보던 얀센이 시원하게 웃으며 입을 열었다.

"멋진 친구로군. 마음에 들어. 어때, 우리 친구하는 것이?"

"나쁘지 않군. 다만 소속을 가진 기사라는 것이 걸리는군."

"마음에 안 들면 소속 정도야 버려도 큰 문제는 안 되지. 프리 나이트도 괜찮고 말이지."

"마음만은 소드 마스터로군."

"크흐흐, 그런가? 어쨌든 조심하라고."

그러면서 자리를 벗어나는 얀센. 그가 떠나고 지금껏 조용히 있던 제라르가 입을 열었다.

"결국 기사가 되었군."

"아는 사람인가?"

"어따, 형님은 20년 동안 전쟁 용병질 하면서 블러디 골렘 얀센을 모르는 거유?"

"블러디 골렘?"

그러면서 멀리 사라지고 있는 얀센을 등을 바라보는 아론이다. 그 또한 나무둥치에 쓰러져 있는 장대한 기사만큼이나 커다란 체구를 가지고 있었다. 아니, 오히려 더 큰 체구를 가지고 있었다.

멀리서 본다면 정말 골렘처럼 보일 정도이다. 특히 그의 등 뒤로 비스듬하게 메어져 있는 할버드는 정말 위협적이라 할 수 있었다.

"골렘이라 불릴 만도 하군."

"모습만 그런 것이 아니라 실제 싸우는 모습을 보면 그는 곁에 그 누구도 허용치 않는 사람으로 유명하우. 피와 시체의 파편 때문에 말이우."

"네 평이 박하지 않으니 괜찮은 사람인 모양이군."

"그를 따르는 무리가 있수. 용병으로서는 드물게 호방하고 의리가 있으며 전투에 있어선 언제나 선두에 서서 상대를 압도하니 당연한 일이겠지만 말이우."

"그렇군. 그런데 그가 길을 잘못 든 것 같군."

"뭐 겉보기에 기사라는 것은 정말 좋은 것 아니겠수? 잘만 하면 에퀘스의 성역에 들 수도 있고 말이우."

"에퀘스라……."

나직하게 반복하는 아론. 최근 들어 자주 듣는 말이 되었다. 그럴 수밖에 없었다. 그의 주변은 온통 기사들과 근접 전투를 치르는 용병들만 있으니 말이다. 마법이 발달했다고는 하지만 여전히 마법사라는 존재는 기사보다 드물었다.

마법사들 역시 네 개의 탑이 있어 신의 영역에 도전한다 하여 바벨의 탑이라 불린다. 대부분의 마법사는 그 바벨의 탑에 소속되어 있다고 해도 무방했다. 아주 가끔 용병으로 활동하는 프리 메이지가 보이기는 했지만 그들은 2~3의 저서클 마법사일 뿐이었다.

그리고 기사들이나 마법사들과는 달리 용병들은 그들이 소속된 단체가 없었다. 그러하기에 근접전을 치르는 용병들은 에퀘스의 성역에 드는 것을 평생소원으로 삼고 있었으며, 용병 마법사들은 바벨의 탑에 드는 것을 숙원으로 삼았다.

그러니 당연히 에퀘스의 성역이라는 말이 자주 들릴 수밖에 없었다.

"용병들도 하나쯤 있었으면 좋겠군."

"있잖수. 안식의 대지 말이우."

"그건 죽었을 때나 가는 곳이지."

"죽어서라도 갈 곳이 있으니 다행 아니우?"

"죽으면 무슨 상관일까? 살아 있을 때가 중요하지."

"그건 그렇수만 어디 그게 쉽겠수? 원체 잘난 놈들이 많아서 말이우."

"잘난 놈이 많아서가 아니라 그들을 압도할 만한 자가 없어서겠지."

"말은 맞수만……."

제라르도 알고 있다. 용병들은 모래알과 같았다. 뛰어난 이도 많고 말이다. 그래서 단체를 만들지 못했다. 용병들은 언제나 꿈꾸고 있었다. 에퀘스의 성역, 바벨의 탑과 어깨를 나란히 하는 용병들만의 대지가 있기를 말이다.

하지만 언제나 그것은 꿈으로만 존재할 뿐이었다. 그 누구도 용병들만의 대지를 원하지 않았다. 심지어는 일부 용병들까지도 말이다. 그러하기에 수없이 많이 시도되었지만 결국 용병들은 자신들만의 대지를 만들지 못했다.

그리고 죽어서만 갈 수 있는 안식의 대지만 전설처럼 존재할 뿐이었다. 안타깝지만 어쩔 수 없었다. 혼자의 힘으로는 절대 이룰 수 없는 것이니까 말이다.

"출발 준비이!"

그때 그들의 귓가로 출발 준비라는 소리가 들려왔다. 1백 명의 정찰대가 빠르게 진형을 갖추기 시작했다. 그리고 모든 것을 갖추기까지는 그리 오랜 시간이 걸리지 않았다. 그와 동시에 그들 곁으로 다가오는 이가 있었으니 바로 방금 전까지 대화를 나누던 얀센이었다.

"왜?"

"나한테 자네들을 담당하라고 하더군."

"찍혔군."

"뭐 일종의 길들이기겠지."

"준비가 된 것 같으니 길을 잡도록 하지."

아론과 제라르는 빠르게 전영의 선두에 섰고, 그 뒤로 얀센이 섰다. 둘이 방향을 잡고 움직이기 시작하자 얀센이 신호했고, 정찰대가 서서히 움직이기 시작했다. 제라르와 아론은 빠르게 회색의 숲으로 사라졌다.

중간에 얀센이 있기 때문에 그를 통해 길을 잡고 의사를 전달하면 되었다. 원래는 정찰병이 중간 연락책을 하는 것이 옳았으나 얀센의 말처럼 정찰병이 아닌 그를 정찰병 대신으로 하고 있는 것이다.

아론이 그에게 찍혔다고 하는 말은 바로 그것 때문이었다. 정찰병이 해야 할 일을 기사인 그가 하고 있으니까 말이다. 하지만 얀센은 그에 대해 별달리 생각하지 않는 것 같았다. 오히려 자신들과 같이 있어서 다행이라는 얼굴이었다.

그도 그럴 것이, 말은 자신이 저들을 배척한다고는 하지만 말도 걸어오지 않고 누구 하나 그를 살갑게 대하지 않으며, 중요한 일에서 제외시키고 허드렛일만 시키는 상황을 쉽게 받아들이기는 어려울 것이다.

그런데 말이 통하고 오랜만에 자신의 과거를 인지하고 자신이 살아 있음을 느끼게 해주는 존재가 있으니 오히려 본대에서 기사들과 함께 움직이는 것보다 훨씬 좋았던 것이다. 어쨌든 그들의 행군은 그리 어렵지 않았다.

회색의 숲을 아주 정확하게는 아니지만 어느 정도 파악하고 있는 아론과 제라르 덕분이었다.

"이쪽으로 가면 오크의 군락지가 있고, 이쪽으로 가면 조금 돌아가는 길이기는 하지만 몬스터와 접전 없이 예상된 지점에 도착할 수 있지."

아론과 제라르는 지금 정찰 백인대장과 함께 지도를 작성하고 있었다. 정찰 백인대가 파견된 이유는 적 보급기지에 대한 정보도 정보지만 지금껏 작성된 적 없는 회색의 숲에 대한 지도를 작성하려는 것이다.

"상관은 없다."

"뭐가 말인가?"

"어차피 몬스터의 분포 역시 작성해야 하니까."

그러면서 자신을 보며 희게 웃는 프라우디르 정찰 백인대장이었다.

"그런가? 그러면 두 개 조로 나눠야겠군."

"조를 나눈다?"

"숲 전체 지도와 함께 몬스터의 분포까지 작성하자면 말이지."

"그도 그렇군."

아론의 말에 생각에 잠기는 프라우디르 정찰 백인대장. 이윽고 깊은 생각을 마친 그가 명령을 내리기 시작했다.

"1조의 길잡이는 제라르로 하고 2조는 아론이 맡도록 하지."

그러면서 빠르게 인원 배분을 마쳤다. 기사도 절반으로 나누고 마법사와 병력도 절반으로 나눴다. 명령을 내린 프라우디르 정찰 백인대장은 곧바로 정찰 임무를 시작했다.

2조의 조장이 된 이는 픽스틴 부관이었다. 모닝스타와 라운드 실드를 주로 사용하는 자로 중급의 실력자였다. 또한 15명의 기사와 50명의 병사, 그리고 4명의 전투 마법사가 그를 따랐다.

"안내하도록."

"따라올 수 있겠나? 이곳부터는 조금 빨리 움직여야 해서."

그에 가소롭다는 듯이 웃는 픽스틴 부관.

"용병을 따라가지 못할 나약한 병사는 없지."

"그런가?"

알겠다는 듯이 고개를 주억인 아론이 움직이기 시작했다. 처음에는 약간 늦게, 그리고 점차 빠르게 움직여 나갔다. 그의 움직임은 민첩하기 그지없었다. 하지만 2조의 기사들이나 병사들 역시 만만치 않았다.

그의 조금씩 빨라지는 움직임에 따라 그들 역시 빠르게 움직이고 있었다. 픽스틴 부관이 다섯 명의 기사와 두 명의 마법사와 함께 길을 열었고, 중간과 후미에 다섯과 한 명의 마법사가 배치되었다.

길게 늘어진 대열이 흐트러지지 않게 하기 위함이었다. 처음에는 꽤 잘 따라갔다. 하지만 점점 그들의 발걸음이 무거워지고 있었다.

"선두 정지! 10분간 휴식!"

그때 서서히 발걸음이 무거워지는 병사들이 있음을 알게 된 픽스틴 부관이 아론을 멈춰 세웠다.

아론은 자리에 서서 사방을 훑어보며 경계했다. 그리고 자신의 곁에 바짝 붙어 있는 얀센에게 일렀다.

"이곳은 회색 고블린의 군락과 가깝지."

"가깝다?"

"소리를 내지 말고 음식 냄새를 풍기지 말란 말이다. 소형 몬스터지만 하나의 군락은 보통 200마리 내외로 이뤄졌고 독침을 사용하니 말이야."

"그런 것쯤은 아는데… 주의해야 하나?"

"회색의 숲이니까."

"그렇군. 여긴 회색의 숲이군."

그제야 이곳이 회색의 숲이라는 것을 인지한 얀센이 조심스럽게 움직여 픽스틴 부관에게 아론의 말을 전했다.

"흥! 겨우 고블린이라니……."

"이곳은 회색의 숲입니다. 아시다시피 회색의 숲에 존재하는 몬스터는 억세기로 유명합니다."

"그래봐야 몬스터 중 가장 하급에 속하는 고블린이다."

"그렇긴 합니다만."

"가서 임무에 충실하도록."

"…알겠습니다."

아론의 경고가 전혀 먹혀들지 않았다. 솔직히 얀센 역시 그런 생각이 없지 않았다. 아무리 회색의 숲이라지만 고블린 정도라면 익스퍼트의 기사와 마법사, 그리고 정예병이라면 차고도 넘칠 것이기 때문이다.

그에 그들은 방심하기 시작했다. 하나 그들은 잘못 알고 있었다. 이곳은 회색의 숲이었다. 모든 몬스터가 생각 이상으로 교활하고 상상할 수 없을 정도로 강력했다. 그리고 그것을 증명이라도 하듯이 회색의 숲의 나무들이 떨려왔다.

스스스스!

잠깐의 휴식에 한숨을 내쉬던 기사들과 병사들은 순간 척추를 훑고 지나가는 서늘한 감각에 조심스럽게 주변을 훑었다. 꺼림칙한 무언가가 자신들을 옥죄고 있는 것 같았다.

'마치 감시당하고 있는 것 같다.'

얀센은 그렇게 느끼며 아론을 바라봤다. 하지만 아론은 그를 바라보고 있지 않았다. 다만 조용히 눈을 감고 현자처럼 앉아 있을 뿐이다. 어떤 미동조차 보이지 않았다. 그에 얀센의 기감은 점점 더 고조되기 시작했다.

마치 폭풍이 불어오기 전의 고요함과 같았다. 그때 아론이 슬며시 눈을 뜨고 서서히 자리를 털고 일어섰다.

"포위되었군."

"포위?"

"불과 한 달 정도인데 다른 고블린 집단을 복속시킨 모양이군."

"그 말은……."

"수가 두 배 이상으로 늘었다."

"두 배 이상?"

"이놈들, 우릴 기다리고 있었다."

"그게 무슨……?"

"우리가 두 개 조로 나눠지는 것을 기다린 거지."

"무슨 헛소린가? 고블린이 전술을……?"

"이곳은 회색의 숲이다. 일반적으로 생각하는 몬스터보다 훨씬 더 영악하고 교활하지. 그리고 강하다."

그리고 바로 그 순간 고블린들의 공격이 시작되었다.

"아아아악!"

한 명의 마법사가 제대로 저항도 해보지 못하고 목을 부여잡았다. 목을 부여잡고 있는 손가락 사이에는 생선 가시보다 가느다란 무언가가 박혀 있고, 눈동자는 붉게 충혈되어 가고 있었으며, 마치 터질 듯이 얼굴이 부풀어 오르고 있었다.

CHAPTER 6

위기 중첩

"전투 준비!"

픽스틴 부관은 빠르게 판단하여 곧바로 명령을 내렸다. 하지만 픽스틴 부관보다 고블린의 행동이 더 빨랐다. 숲과 같은 초록색으로 위장된 고블린들은 모습을 드러내지 않고 끊임없이 독침을 날려대고 있었다.

타다다닥!

"끄윽!"

경황 중임에도 훈련받은 대로 침착하게 행동한 병사들은 방패를 꺼내 독침으로부터 안전했으나 너무나 갑작스러운 공격에 당황한 병사들은 수십 개의 독침을 맞고 그 자리에서 한 줌의 혈수가 되어 녹아내렸다.

일반적으로 아는 고블린의 독침은 그리 강하지 않았다. 약간 마비되는 경우가 대부분이었다. 하나 여기는 회색의 숲. 다른 곳보다 강력한 몬스터가 지천으로 널린 곳이어서 그런지 고블린의 독침 역시 상상할 수 없을 정도로 강력했다.

"저게 고블린의 독침이라고?"

"아닌 것 같나?"

"믿을 수가 없군."

"여긴 회색의 숲이니까."

간단한 아론의 말에 얀센은 침음성을 흘릴 수밖에 없었다. 회색의 숲의 몬스터가 강하다는 것은 알고 있었지만 이 정도일 줄은 몰랐다. 강해도 너무 강했다.

"어떻게 해야 하지?"

"뭐를 말인가?"

"그냥 지켜보겠다는 말인가?"

"고블린조차 상대하지 못한다면 기사의 자격이 없지. 적어도 트롤 정도까지는 상대할 수 있어야지."

"그런……."

말도 안 된다는 듯이 아론을 바라보는 얀센. 그러다 문득 지금 아론과 자신은 고블린으로부터 어떤 위해나 위협을 받지 않고 있다는 것을 깨달은 얀센은 자신도 모르게 주변을 둘러보았다. 그러다 아론에게 물었다.

"어떻게 된 일이지?"

"뭐가?"

"왜 우리는 공격하지 않는 거지? 마치 고블린이 우리를 전혀 인식하지 못하는 것 같군."

"영업 비밀은 함부로 말하지 않는 법이지."

"영업 비밀이라고? 저기 사람들이 죽어가는데?"

얀센이 거칠게 입을 열었다. 그가 가리킨 곳은 고블린과 기사, 그리고 병사들이 뒤엉켜 싸우고 있었다.

과연 회색의 숲의 고블린은 일반적인 고블린과 달랐다. 열악하나마 무기를 들고 있었으며, 힘 또한 일반적인 고블린보다 강하고 조직적이었다.

죽은 고블린들의 시체가 여기저기 널려 있고, 기사 몇 명과 병사의 시체도 다수 널려 있었다. 그러함에도 아론은 전혀 나설 생각을 하지 않고 있었다. 그래서 분노한 것이다. 적어도 얀센이 아는 한도 내에서 이곳에서 아론보다 강한 자는 없었으니까.

"뭔가 착각하고 있나 본데, 난 용병이고 길잡이일 뿐이다."

냉정하게 잘라 말하는 아론에 얀센은 소리가 나도록 고개를 돌려 아론을 바라봤다. 순간 얀센은 마른침을 삼킬 수밖

에 없었다. 냉정하기 그지없는 아론은 눈동자. 그의 눈동자에
는 저들에 대한 일말의 동정심도 없었다.

"대체 용병 나부랭이에게 무엇을 바라는 거지?"

"그런……."

"길을 인내하는 길잡이로 계약했지 함께 싸우라는 내용은
없었어."

"하지만 용병 만인대에 속해 있고 또한 동부군에 속해 있
다."

"그래서?"

"뭐?"

"그래서 도대체 동부군이나 만인대에서 나에게 해준 것이
뭔데?"

"그야……."

아론의 물음에 더 이상 말을 잇지 못하는 얀센이었다.

그도 용병 출신이기에 알고 있다. 말이 전쟁 용병이지 전쟁
용병은 그저 화살받이나 다름없었다. 그리고 일당이 있기는
하지만 그 일당 속에는 용병 개인의 장구류나 숙식 비용이 모
두 포함되어 있었다.

무기도 스스로 구해야 하고 방어구 수선도, 먹을 것도 스
스로 구해야 한다. 말이 전쟁 용병이지 일반 용병과 다를 것
이 없었다. 단지 위험도가 더 높기에 일당이 일반 상단 호위

를 하는 것보다 두 배 정도 높을 뿐이었다.

"그리고 출발 전에 특임 수당이 아닌 길잡이 수당이라고 했지. 난 받은 만큼만 해."

얀센도 들어서 알고 있다. 상대방의 자존심을 짓밟는 언행을 한 정찰 백인대장의 행동을 말이다. 그리고 오히려 아론을 옹호하는 것이 아닌 정찰 백인대장에게 아부하는 듯한 동부군 작전참모의 행동까지.

아론은 전혀 나설 생각을 하지 않고 있었다.

"그러는 너야말로 왜 참여하지 않는 거지?"

아론의 물음에 어정쩡하게 웃으며 입을 여는 얀센.

"그래도 정규군인데 저 정도는 막아줘야지."

그에 아론 역시 피식 웃어버렸다. 방금 전까지는 당연히 전투에 참여해야 한다고 강변하던 그다. 그런데 어느새 그조차도 아론에게 동화되어 가고 있었다. 기실 그가 기사라고는 하지만 출신 자체가 용병이었다.

아론과 대화하면서 기사가 되며 받은 수모가 한꺼번에 떠오르고 있는 얀센이었다. 그가 용병으로서는 보기 드물게 의협심이 강하기는 하지만 그렇다고 자신의 목숨을 버리면서까지 저들의 전투에 참여하고 싶지는 않은 모양이었다.

그리고 그의 생각 저변에는 제국의 정예라면 아무리 회색의 숲에 있는 몬스터라고 해도 충분히 막아낼 수 있을 것이라고 생각한 것이 없지 않아 있었다. 그리고 그것을 증명이라도 하듯이 고블린 무리는 수많은 시체를 남기고 물러나고 있었다.

"쫓지 마라!"

"끼에에엑!"

"숙어랏!"

달아나던 고블린의 등을 향해 마지막 검을 휘두르는 기사. 고블린이 비명조차 지르지 못하고 죽어갔다. 검은 녹색의 핏물이 흘러내렸고, 기사는 가볍게 검을 흔들어 핏물을 털어냈다.

"상황 보고!"

달아나는 고블린들을 보고 픽스틴 부관이 이를 갈며 외쳤다. 결코 만만한 전투가 아니었다.

'회색의 숲, 회색의 숲 하더니 과연……'

그는 자신도 모르게 이를 갈아붙이고 있었다. 고작 고블린과의 전투에서 입은 손해는 상당하다고 할 수 있었다. 그저 보기에도 수 명의 병사들와 두어 명의 기사가 죽었고, 가장 결정적인 것은 본대와의 통신을 위해 동행한 마법사 중 한 명이 죽은 것이다.

"사망 열두 명, 중경상자 포함 스물한 명입니다."

"중상자는?"

"다행스럽게 경상자만 스물한 명입니다. 작전 수행에는 전혀 문제가 없습니다."

"마법사는?"

"네 명 중 한 명 사망, 세 명이 생존입니다."

"길잡이는?"

마지막으로 길잡이의 생사를 묻는 픽스틴 부관.

"확인해 보도록 하겠습니다."

기사 또한 생각하지 못했는지 그제야 확인해 보겠다고 했다. 하지만 굳이 확인해 볼 필요가 없었다. 멀쩡한 모습으로 어슬렁거리며 다가오고 있는 아론을 본 것이다.

"네놈……."

너무 멀쩡한 모습에 이를 가는 픽스틴 부관.

"흥! 비겁한 놈이로군."

"출발 전에 싸우라는 말은 없었으니까."

"내가 알기로는 특임 수당을 받은 것으로 알고 있다. 두당 10골드."

"그 뒷말은 못 들었나 보군. 길잡이 비용이라고."

"그런… 끄응."

이젠 말을 올리지도 않았다. 그냥 데면데면하게 입을 열어 답해주는 아론이었다.

"휘유~ 고작 고블린에 이 정도라니. 이거 내 목도 조금 위험해지려나?"

말은 그렇게 하면서도 아론의 입은 웃고 있었다. 마치 그 정도로 여기서 살아남을 수 있겠느냐고 묻는 것처럼 말이다.

"그런데 빨리 이탈해야 하지 않나?"

"무슨?"

"멍청한 건가? 사람의 피 냄새와 고블린의 피 냄새가 있는 곳에서 휴식을 취하겠다고?"

"이런!"

그때 픽스틴 부관의 귀로 들려오는 콧소리가 있었다.

'오크!'

픽스틴 부관의 얼굴이 대번에 일그러졌다. 회색 오크였다. 그는 빠르게 주변을 훑었다. 그리고 얄밉게 웃고 있는 아론을 보고 물었다.

"벗어날 방법은?"

"흐음……."

팔짱을 끼고 길게 숨을 내쉬는 아론. 그에 픽스틴 부관은 불만 가득한 얼굴이 되었다.

"이 상황에 거래를 하자는 것이냐?"

"거래는 무슨. 그런데 조금 위험하군."

"위험해? 고작 오크 정도로?"

"회색의 숲이 왜 회색의 숲인 줄 아나?"

"설마……."

"맞아. 회색의 숲을 지배하고 있는 것은 회색 트롤도 아니고 회색 오거도 아닌 바로 회색 오크야. 그런 놈들이 간단하다고 생각하는 것은 아니겠지?"

"허면……."

"본대와 합류해야 해."

"본대는 왜?"

"내가 말하지 않았나? 아! 얀센에게만 했군. 회색 고블린들이 의도적으로 두 부대로 갈랐다는 말."

"무슨 그런 말도 안 되는……."

이해할 수 없다는 듯한 픽스틴 부관의 얼굴이다. 몬스터가 인간처럼 작전을 구사할 수 있다는 말은 생전 처음 듣는 말이었다.

"회색 오크가 왜 회색 오거를 물리치고 회색의 숲을 지배하고 있다고 생각하나? 머리가 있는 건가? 몬스터라고 해서 조직적이지 못하다는 편견을 버려야 할 것이야."

"그럼 설마……."

"그 설마가 맞으니까 빨리 움직여."

인정하기 싫지만 어느새 픽스틴 부관은 자신도 모르게 아론을 인정하고 있었다. 그의 말대로 빠르게 부대를 정비하더니 이동하면서 본대에 통신을 시도했다.

"통신이 안 됩니다."

"안 되는 것이 당연하지."

"뭐라?"

"홉 고블린이 있다면 통신이 안 되는 것이 당연해."

"홉 고블린이라니……."

보기 드물게 나타나는 고블린. 그야말로 고블린의 왕이라 불리고 어지간한 오크는 찜 쪄 먹을 정도로 강한 존재였다. 특히 홉 고블린이 사용하는 정신 공격은 웬만큼 마나를 다루지 못하는 기사나 마법사라면 백이면 백 모두 당하고 말았다.

아론의 말을 들은 픽스틴 부관은 본능적으로 본대가 위험하다는 것을 깨닫고 기사들과 병사들의 이동을 재촉했다. 하지만 얼마 가지 않아 이동을 멈출 수밖에 없었다.

"취이이익! 멈춰라! 인간!"

선명하고 또박또박한 인간의 언어였다.

"어떻게……."

놀라는 픽스틴 부관을 보며 징그럽게 웃는 회색 오크. 마치 그런 인간의 모습이 즐겁다는 듯이 웃고 있던 회색 오크가 보기만 해도 오금이 저리는 거대한 배틀 엑스를 들어 올려 어깨에 턱 걸쳤다.

그에 그의 뒤로 배틀 해머, 혹은 섬뜩한 핏물이 배어 있는 할버드까지 각종 무기를 든 오크들이 속속들이 모습을 드러냈고, 그에 픽스틴 부관은 숨을 거칠게 몰아쉴 수밖에 없었다. 그가 오크의 숨소리를 들었을 때는 적어도 몇 킬로미터

밖이었다.

그런데 어느새 자신을 포위했단 말인가? 그러다 문득 떠오르는 생각이 있었다.

'설마…….'

그러면서 자신의 앞에 서 있는 거대한 체구의 회색 오크를 바라봤다. 회색 오크의 회색 눈동자와 시선이 부딪쳤다. 그때 회색 오크의 입술이 꿈틀거렸다. 비웃는 것이다.

'당했다!'

이제야 알 수 있었다. 절망감이 전신을 감싸고 있다. 철저하게 조직적인 움직임이었다. 백인대를 둘로 가르고 고블린으로 하여금 체력을 갉아먹었다. 또한 다급함을 이용해 피로를 가중시키고 결정적인 순간에 완벽하게 포위망을 구축하고 모습을 드러낸 것이다.

'한데 어떻게?'

정말 알 수 없었다. 인간 못지않은 지능을 가진 몬스터라니.

"취이익! 돌겨억!"

"취에에엑!"

후퇴할 수 있는 곳은 없었다. 인간이라면 반드시 도망칠 수 있는 한 방향을 열어놓고 공격한다. 왜냐하면 도망치지 못한다는 것을 알 경우 사력을 다해 싸우기 때문이다. 궁지에 몰리면 쥐도 고양이를 문다고 했다.

때문에 한 곳을 열어둔다. 하지만 회색 오크들은 아니었다. 아니, 오히려 인간들이 더욱 날뛰도록 조장하는 것 같은 느낌이 들 정도였다.

"방패! 방패 들어!"

"일보! 일보 후퇴!"

둥그런 방진을 형성하고 지형이 숲인지라 평소보다 작은 라운드 쉴드를 꺼내 방어에 나서는 병사들이었다. 그리고 제국의 정예라는 것을 증명이라도 하듯 빠르게 방진을 형성했고, 눈을 벌겋게 뜨고 달려드는 회색 오크의 공격을 방어했다.

콰아앙! 콰앙!

"크윽!"

"으아악!"

하지만 회색 오크는 너무나도 강했다. 단지 위에서 아래로 배틀 해머나 배틀 엑스를 휘둘렀음에도 불구하고 병사들의 단단한 방패를 박살 내고 방패를 들고 있던 병사들의 팔을 부러뜨렸다.

그리고 뚫린 공간 안으로 뛰어드는 회색 오크들.

"마, 막아! 막으란 말이다!"

방진을 짠 조장들이 다급하게 외쳤다. 하지만 회색 오크는 그리 만만치 않았다. 만만치 않은 것이 아니라 강력하기 그지없었다.

"취이익!"

"크륵! 죽어.랏!"

콰직!

"크아악!"

난장판이 벌어졌다. 피가 튀고 뼈가 부서져 나갔다. 병사들의 비명과 회색 오크들의 살기 어린 외침이 상황을 더욱더 고조시키고 있었다.

"보고만 있을 건가?"

"그건 좀 어렵겠지?"

"나설 생각인가?"

"그러는 당신은?"

"나야 당연히 참여해야겠지."

"그래도 소속된 곳이라는 건가?"

"그렇지는 않고, 병사들이 좀 그래서……."

"병사들? 그놈들도 내 입장에서는 기사들과 다르지 않아."

"하긴 뭐……."

얀셴은 강요할 수 없었다. 기사들과 귀족들이 용병들을 무시하는 만큼 정규 병사들 역시 용병들을 무시했기 때문이다. 그래서 정규군과 용병 부대를 따로 편성한 것이다. 그리고 그 갈등은 이곳에서 여실히 드러나고 있었다.

아론은 팔짱까지 낀 채 전투 상황을 지켜보고 있을 뿐이었다. 기실 정규군이나 기사들은 아론이 전투에 참여하든 안 하든 별 상관이 없었다. 물론 신고식을 상당히 거하게 치르기는 했지만 지금과 같은 정신없는 상황에서는 그가 빠져 있는지 참여했는지 신경 쓸 겨를이 없었다.

자신이 살아남는 것이 더 중요하기 때문이었다. 또한 그런 것에 신경 쓰기에는 지금의 상황이 결코 간단치가 않았다. 아론의 말대로 견제를 위한 오크들이라고는 하지만 그 수효는 거의 1백에 가까웠다.

아무리 정규군이고 마법사와 기사들이 섞여 있는 부대라고 할지라도 무려 1백의 회색 오크였다. 절대 반쪽 난 백인대로 감당할 수 있는 수준이 아니었다.

"우와악!"

픽스틴 부관이 고함을 지르며 회색 오크를 향해 모닝스타를 휘둘렀다.

콰차자장!

"크르륵!"

오러 미스트가 시전된 모닝스타에 직격당한 배틀 해머의 중단이 부서지며 그대로 회색 오크의 어깨를 강타했다. 검은 녹색의 체액이 튀고 근육이 파열되었으며 뼈가 부러져 거친 비명을 내질렀다.

퍼걱!

"꿔이익!"

그리고 기다리지 않고 카이트 실드의 날카로운 선으로 회색 오크의 복부에 깊숙하게 집어넣은 후 빼내며 복부에 커다란 상처를 냈다. 회색 오크의 창자가 흘러나올 정도의 강력한 일격이었다.

하나 픽스틴 부관의 시선은 죽어가는 회색 오크에게 있지 않았다. 날카로운 파공성을 내며 날카롭게 벼려진 할버드가 그를 향해 쇄도했기 때문이다. 픽스틴 부관은 곧바로 허리를 숙여 할버드를 피해냈다.

퍼걱!

하지만 그의 옆구리로 파고드는 또 다른 공격이 있었으니 바로 배틀 해머였다.

"큭!"

숨 막히는 비명을 지르며 옆구리를 구부리고 튕겨 나가는 픽스틴 부관. 그는 배틀 해머에 맞아 중심조차 제대로 잡지 못했다. 하지만 회색 오크는 그런 그를 그대로 두지 않았다. 또 다른 배틀 엑스가 픽스틴 부관을 단번에 양단할 듯 위에서 아래로 떨어져 내리고 있었다.

질끈!

그에 픽스틴 부관은 결국 눈을 감고야 말았다. 절망적이었다. 그는 스스로 실력이 약하다는 생각은 하지 않았다. 세상에는 오러 포스조차 시전하지 못하는 이들이 부지기수였기 때문이다. 하지만 그러함에도 세 마리의 회색 오크는 힘에 부쳤다.

'끝인가?'

정말 그렇게 생각했다. 하지만 이상하게 기다려도 배틀 엑스는 자신을 타격하지 않았고, 그에 픽스틴 부관은 눈을 번쩍 뜨고 빠르게 굴러 회색 오크의 사정권에서 벗어나 조심스럽게 전방을 응시했다.

그러고는 곧바로 얼굴이 일그러질 수밖에 없었다. 자신의 옆구리를 내려친 배틀 엑스를 쥔 회색 오크는 이미 피떡이 되어 죽어 있고, 할버드와 배틀 해머를 든 회색 오크는 동시에 두 조각이 나고 있었다.

그 비현실적인 모습에 픽스틴 부관은 단번에 세 마리의 회색 오크를 죽여 버린 주인공을 찾았고, 이내 인상을 있는 대로 구기며 그의 입에서는 앓는 소리가 흘러나왔다.

"끄으응!"

바로 그 주인공이 자신이 그리도 천시하고 있던 용병 나부랭이였기 때문이다. 그리고 용병 출신으로 기사에 오른 얀센도 함께 있었다. 그 둘이 전투에 합류함에 완연하게 죽음이 내려앉아 있던 전장에 생기가 돌기 시작했다.

압도적이라 할 만큼 밀어붙이던 회색 오크들이 주춤거렸다.

그에 지금까지 그저 전장을 주시하고만 있던 대장 오크가 커다란 함성을 지르며 잠시 주춤하는 회색 오크들의 전의를 고취시켰다.

"꾸어어엉!"

"시끄럽다!"

그와 동시에 대장 오크를 향해 떨어져 내리는 어두운 그림자. 대장 오크는 기다렸다는 듯이 거대한 배틀 엑스를 휘둘러 자신을 덮쳐오는 그림자를 쪼개갔다.

서걱!

"크룩!"

손으로 전달되는 느낌에 대장 오크의 입매가 비틀려 올랐다. 하나 이내 인상을 찌푸렸다. 갑자가 배틀 엑스를 들고 있던 어깨가 휑해졌기 때문이다.

"크아아악!"

스각! 툭! 데구르르!

날카로운 소리가 한 번 더 들려오고 대장 오크의 목이 떨어져 내렸다. 그리고 굴러 떨어진 대장 오크의 목이 멈춘 그 자리는 한 명의 사내가 있었다. 그는 다름 아닌 아론이었다. 단 일격에 대장 오크를 죽여 버린 아론.

그에 기사들과 마법사들은 얼굴을 찌푸릴 수밖에 없었다.

그것은 정규군도 마찬가지였다. 지금 이곳에서 용병이란 어느 누구에게도 환영받지 못하고 돈에 환장한 존재였으니까.

그런데 그렇게 무시하던 용병에 의해 대장 오크가 죽어버린 것이다.

단번에 전세가 역전되었다. 그 대단한 모습에 오크든 기사든 모두 어안이 벙벙한 채 그를 바라보고 있을 뿐이었다.

"정신 차려! 여기서 죽을 셈인가?"

그때 얀센이 소리를 지르며 병사들과 기사들을 일깨웠다.

"우와아아!"

"오크 대장이 죽었다아!"

"취이익! 이, 이럴 수가……!"

"취이익! 대장의 원수를……!"

"크롸아악!"

보통의 회색 오크라면 무리를 이끄는 놈이 죽으면 겁을 먹고 뿔뿔이 흩어지게 마련이다. 하나 회색 오크는 달랐다. 그들은 오히려 더욱더 전의를 불태우며 인간들을 몰아붙였다. 여전히 수적인 열세에 놓인 인간들이었으니까.

아론이 다시 움직였다.

파앙!

공기가 찢어지는 듯한 소리가 들려왔다. 그리고 그가 다시 모습을 드러냈을 때,

스가가가각!

네댓 마리의 회색 오크가 무더기로 목이 잘려 그 머리가 허공으로 떠올랐다. 하나 아론은 거기에서 멈추지 않았다. 그의 손에는 어느새 거대하고 기이한 모양의 양손검이 들려 있었다. 어찌나 큰지 반으로 반듯하게 잘려 있음에도 불구하고 아론의 키와 비슷할 정도였고, 그의 전신을 가릴 정도로 넓었다.

한마디로 육중하기 그지없어 보였다. 하지만 아론은 마치 파리채를 흔들듯이 그 육중하고 거대한 양손검을 다뤘다.

쉐에에엑!

또다시 들려오는 날카로운 소리.

"크륵! 가소로운!"

두 마리의 회색 오크가 분노하여 아론을 향해 쇄도했다.

콰직!

"쳐에에엑!"

하나 그를 향해 달려들던 두 마리의 오크는 제대로 공격조차 해보지 못하고 무기와 함께 목이 잘려 나갈 뿐이었다.

투후욱!

아론은 다리에 힘을 주어 대지를 박찼다. 그러면서 눈에 보이지 않을 속도로 양손검을 휘둘렀다. 대낮이건만 밝은 빛의 선이 그어졌고, 그 선을 따라 검은 녹색의 체액이 움직였다. 마치 춤을 추듯이 말이다.

"쳐이익!"

순식간에 열 몇 마리의 회색 오크가 죽어갔다. 그에 회색 오크들은 아론을 주시하고 그를 집중적으로 노리기 시작했다. 하지만 이미 기세를 몰아가고 있는 아론을 막을 수 있는 방법은 없었다.

아론은 노도와 같았다. 앞을 가로막는 모든 것을 몰아내듯 회색 오크를 일격에 베어내고 있었다.

"허어~"

얀센은 검을 늘어뜨린 채 바람 빠진 소리를 내며 아론의 활약을 지켜보았다. 그것은 그나마 근접전이나 난전에서는 그 소용이 별로 없는 마법사들도 다르지 않았다. 그저 그런 용병인 줄 알았다.

설명을 듣기는 했지만 대충 넘겼다. 아무리 잘나봐야 이제 막 각성한 익스퍼트 하급의 용병이었다. 그것도 기사들처럼 제대로 된 경로나 훈련으로 인해 마나를 깨달은 것이 아니라 숱한 실전에 의해 우연히 마나를 깨달은 익스퍼트 하급의 용병 말이다.

그러다 보니 실전에는 얼마나 강할지 모르지만 지속적인 전투를 함에 있어서 그리 도움이 되지 않는 것이 하급 익스퍼트의 용병이었다. 그런데 달랐다. 아주 많이 달랐다.

'저게 익스퍼트 하급이라고?'

'기사들조차 제대로 대응하지 못하고 허덕이고 있는데 그런

회색 오크를 단번에 열 몇 마리를 지워 버린 저자가?'

놀라서 심장이 튀어나올 것 같았다. 그 놀람 탓에 살아남아 기사들의 보호를 받으며 만약을 대비하여 주문을 읊던 것조차 잊어버릴 정도였다. 하지만 그들이 아무리 놀랐다고는 하지만 픽스틴 부관만큼은 아니었다.

'말도… 안 돼!'

그는 정신을 차릴 수가 없었다. 고작해야 용병이었다. 돈이나 계약이 아니면 절대 움직이지 않는 용병 말이다. 그런데 저 대단한 무력은 무엇이란 말인가? 딱히 양손대검에 마나를 시전한 것 같지도 않았다.

그런데 그 막강한 회색 오크들의 목이 툭툭 떨어졌다. 마치 가을날 사과 떨어지듯 말이다. 믿을 수 없었다. 그리고 더 치욕스러운 것은 자신이 일개 용병에게 생명의 빚을 졌다는 것이다. 도저히 용납할 수 없는 일이었다.

파앙!

"춰에에엑!"

그 혼자 벌써 스물이 넘는 회색 오크를 죽였다. 그의 그런 행동에 따라 기사들과 병사들은 용기백배하여 오크들과 대적했다. 압도적으로 밀어 붙이던 오크들은 이제는 점점 수세에 몰리기 시작하더니 조금 시간이 더 지나자 단번에 스무 마리 안팎으로 줄어들어 버렸다.

그제야 아론의 움직임이 멎었다. 이제부터는 자신이 힘을 쓰지 않아도 될 것 같았기 때문이다.

"휘유~"

그 모습에 얀센이 어깨를 으쓱이며 휘파람을 불었다. 실로 대단했다. 아론이 움직인 시간은 고작해야 10분 내외였다. 그런데 그 10분 내외에 대충 보아도 삼십이 넘어가는 회색 오크를 혼자 처리해 버렸다.

1백에 가깝던 회색 오크는 이제 정규군보다 더 적게 남았으며, 기사들의 반격에 꼬리를 말고 도망치고 있었다.

"이겼다!"

도망치는 회색 오크를 보고 기사가 외쳤다.

"사, 살았다!"

기사들은 승리를 외쳤고, 병사들은 살아남은 것을 자축했다. 그러면서 자리에 털썩 주저앉았다. 그 모습에 아론은 눈살을 찌푸렸다.

"지금 뭐 하는 거지?"

아론이 물었다.

"보면 모르나?"

이전보다는 누그러졌지만 여전히 달갑지 않다는 듯한 목소리로 기사가 답했다. 순간 아론의 활약을 생생하게 경험한 마법사들의 얼굴이 굳어졌다. 절대 아론은 저런 대접을 받을 사람이 아니었기 때문이다.

"멍청한 건가?"

"뭐라? 네놈이 감히!"

"그 검 꺼내면 넌 죽는다."

"이익!"

그런 기사를 보며 픽스틴 부관은 나직하게 한숨을 내쉬었다. 아무리 생각해도 이건 아니었다. 물론 워낙 난전이었기에 아론의 활약을 본 이들도 있을 것이고 보지 못한 이도 있을 것이다. 하지만 적어도 기사라면 보지 못한 이들이 없을 것이라 판단했다.

그 활약을 보았음에도 저리 행동하는 것 자체가 마음에 안 들 뿐만 아니라 지금 피 냄새가 진동하는 이곳에서 휴식을 취한다는 것 자체가 말도 안 되는 일이었기 때문이다.

"그마안!"

"부관님!"

"그만하라 했다!"

서릿발 같은 픽스틴 부관의 고함에 살짝 꼬리를 마는 기사. 그런 기사를 보고 지치고 힘들어 자리에 털썩 주저앉은 기사들과 병사들을 보고 고개를 저으며 한숨을 내쉰 후 입을 여는 픽스틴 부관.

"종군 마법사는 속히 부상자를 치유토록 하고, 사지 멀쩡한 자들은 빠르게 죽은 자들의 물품을 챙기도록 한다."

"명!"

그 모습을 보고 아론은 신형을 돌려세웠다.

"어딜 가려는 건가?"

그에 픽스틴 부관은 약간 누그러진 목소리로 물었다. 어찌 되었거나 그는 자신의 목숨을 살려준 자였다. 그리고 그가 아니었으면 자신은 회색 오크의 매복에 걸려 한 줄기 핏물이 되어 숲에 버려져야 할 처지였다.

그러니 당연히 누그러질 수밖에 없었다.

"본대."

"그……."

이제는 인정해야만 했다. 본대가 위험하고, 회색 오크들은 전략을 구사할 수 있다는 것을 말이다. 인간의 언어를 똑바르게 구사할 수 있을 정도이니 말해 무엇 하겠는가?

"…부탁한다."

"그러지. 얀센, 가자."

"그럼."

아론의 부름에 얀센은 픽스틴 부관에게 가볍게 목례를 한 후 그를 따라 나섰다. 그런 둘은 빠르게 숲으로 사라져 갔다.

"저어……."

그때 곁에 있던 마법사 한 명이 조심스럽게 물어왔다.

"뭔가?"

"괜찮겠습니까?"

"…지금 상황에서는 그를 믿어볼 수밖에."

"그렇긴 합니다만 매복이 1백여 마리인데……."

본대라면 훨씬 더 많을 것이다. 물론 본대에는 최상급의 실력을 지닌 푸라우디르 백인대장과 이글레시아스 마법 조장이 있으니 쉽게 무너지지는 않을 것이라고 예상하지만 아무리 그렇다 하더라도 수에는 장사가 없는 법이다.

그런 생각을 한 픽스틴 부관의 얼굴이 어두워졌다. 이곳은 어떻게 보면 회색의 숲 가장 안쪽도 아닌 초입을 약간 벗어난 지역이라 할 수 있다. 그런데 벌써부터 회색 오크의 타깃이 된다면 어쩌면 제대로 살아 돌아갈 수 없을지도 몰랐다.

"서둘러라."

그리고 기사들과 병사들을 재촉했다. 다시 합류해야만 했다. 합류해야만 이 지독한 회색 숲에서 살아남을 수 있는 확률이 늘어났다. 그리고 픽스틴 부관은 다시 아론이 사라진 쪽을 바라봤다.

'제발…….'

*　　　*　　　*

아론은 빠르게 이동했다. 그의 곁에서 같이 움직이던 얀센은 점점 숨이 가빠오면서 뒤로 처지기 시작했다.

"먼저 간다."

갑작스럽게 앞으로 튀어나가는 아론을 보고 그저 자리에 서서 멀뚱하게 바라보는 얀센이다. 그러다 이내 얼굴이 일그러졌다. 그가 지금까지 자신과 보조를 맞추고 있었다는 것을 깨달았기 때문이다.

사람이란 참으로 간사하고 게을러서 첫인상을 좀체 버리려고 하지 않는다. 이미 고블린과 회색 오크의 습격을 받은 기사들과 병사들도 마찬가지 아니던가? 그들 역시 여전히 아론을 제대로 평가하지 않고 있었다.

그것은 얀센 역시 마찬가지였다. 그가 얼굴이 일그러진 이유는 용병 출신이라고 따돌림 당하던 자신조차 그를 그렇게 생각하고 있었다는 것이다. 전세를 단번에 역전시켜 버린 그 대단한 무력을 가진 아론을 말이다.

"후우~ 내가 벌써 이렇게 물들었는가?"

얀센은 고개를 저으며 스스로를 책망했다. 왜 그를 믿지 못하는가? 자신 역시 용병이지 않았는가? 그런데 어느새 기사 나부랭이라고 은근히 그를 경시하는 마음이 있었다. 만약 얀센이 여기에서 그것을 깨닫지 못했다면 그저 그런 기사, 혹은 용병이 되었을지도 몰랐다.

하지만 그는 현실에 안주하지 않았다. 그러하기에 용병으로서는 드물게 기사의 자리에 들었는지도 몰랐고, 아직까지 그 근본을 버리지 않고 기사로서의 역할을 다하고 있는지도 모를 일이다. 어찌 되었든 얀센은 눈을 빛내며 다리에 조금 더 힘을 보태 빠르게 앞으로 치달리기 시작했다.

그와 별도로 아론은 빠르게 이동했다. 얀센이 보이지 않을 즈음에 그는 그대로 공간과 공간을 접었다. 단번에 몇 백 미터가 훅 줄어들었고, 주변의 풍경이 수시로 변했다. 그렇게 움직여 가는 동안 아론은 마나를 움직여 그들의 행적을 찾아내고 있었다.

픽스틴 부관이 이끄는 부대에서 대략 몇 킬로미터를 이동하고 나서야 아론은 겨우 본대를 찾을 수 있었다. 평야에서의 몇 킬로미터란 날씨 좋으면 보일 정도이겠으나 이렇게 울창하게 우거진 숲에서의 몇 킬로미터는 평지의 몇 십, 몇 백 킬로미터가 될지도 몰랐다.

그러함에도 이렇게 빨리 찾아낸 것은 순전히 아론의 공간 이동 때문이라 할 수 있었다.

'저기로군.'

아론은 눈으로 확인했다.

그의 신형이 또다시 사라졌다. 공간 이동을 하면 할수록 그가 이동할 수 있는 거리는 기하급수적으로 늘어나고 있었다.

어찌 보면 그는 본대를 찾기 위해 회색의 숲 초입과 중간 지점을 모두 훑었다고 봐도 무방할 것이다.

그가 발견한 본대는 굉장히 급박한 위험에 처해 있었다.

"막아!"

"죽어랏!"

"취이익! 전사의 대지를 위하여!"

"인간 따위……!"

"크아아악!"

"우와아악! 사, 살려줘어!"

"겁먹지 마라!"

"취익! 죽어.랏!"

그야말로 살이 갈라지고 피가 튀고 있었다. 그 와중에 단연 돋보이는 것은 역시 익스퍼트 상급인 프라우디르 백인대장이었다. 하지만 그조차도 상당히 지쳐 있었다. 벌써 전투가 한 시간을 넘어서고 있었기 때문이다.

"죽엇!"

한 마리의 회색 오크를 플레일을 휘둘러 머리를 터뜨려 버리는 그였다. 하지만 그렇다고 해서 가만히 있을 회색 오크들이 아니었다. 지금 이곳에서 본대를 포위하고 공격하는 회색 오크들은 대략 2백이 넘어가고 있었다.

상당히 많은 회색 오크들이 죽어나갔다고는 하지만 여전히

1백 오십을 상회하는 회색 오크가 있었고, 그에 반해 본대에 남은 인원은 얼마 없었다. 겨우 기사 열 명에 마법사 두 명, 그리고 정규군 스무 명 정도였다. 그것만으로도 상당히 선전한 것임은 분명했다.

하지만 거기까지였다. 어떻게 해서든지 버티고는 있었지만 그것도 언제 무너질지 모를 정도로 위태위태한 상태였다. 방금 전 회색 오크를 처치한 프라우디르 백인대장의 얼굴이 암담함으로 물들어 있다.

'병력을 분리하는 것이 아니었어.'

뒤늦은 후회였다. 그는 솔직히 회색의 숲을 만만하게 봤다. 듣기로 회색의 숲의 몬스터는 여타의 몬스터와 전혀 다르다고 알려져 있었다. 더 억세고 강력하며 더욱더 적대적이라 할 수 있었다.

하지만 '그래봤자'라고 생각했다. 몬스터가 강하면 얼마나 강하고 똑똑하면 얼마나 똑똑할까 싶었다. 상급의 기사인 자신과 중급인 부관, 그리고 하급의 기사 서른 명과 일백의 정규군, 거기에 4서클의 전투 마법 조장과 3서클의 마법사 여덟 명까지.

이 정도면 최소한 오거 정도는 충분히 감당할 수 있을 것이라 생각했다. 실제 여느 지역의 몬스터라면 충분히 감당하고도 남을 전력이라 할 수 있었다. 하지만 그것은 오판이었다.

회색의 숲 몬스터가 강력한 것은 인간과 거의 비슷한 지능을 지니고 있기 때문이라는 것을 이제야 깨달았기 때문이다.

인간의 언어를 완벽하게 구사하고 고블린을 이용할 줄 알았다. 왜 회색의 숲의 지배자가 회색 오거가 아닌 회색 오크인지 이제야 알았다.

'너무… 늦게 알았어.'

실수를 깨달았지만 너무 늦었다. 그는 암담한 눈동자로 전장을 바라봤다.

기사들과 마법사, 그리고 병사들은 분전에 분전을 거듭하고 있었다. 그나마 지금까지 버틸 수 있던 것은 역시 4서클의 화염 마법사 덕분이었다.

그러다 문득 아직까지도 끈질기게 살아남아 기사들보다 더 많은 회색 오크를 잡아내고 있는 용병을 바라봤다. 대부분의 용병은 난전에 강하다. 용병들은 제대로 된 검을 사사하지 못하기 때문에 검술에 대한 깊이가 없어 그 깊이를 임기응변으로 대체하기 때문이다.

그렇기에 용병군과 정규군은 같이 섞여서 전투를 하지 않았다. 용병은 용병대로 정규군의 진형에 익숙해지지 못해 제 실력을 발휘하지 못하고, 정규군은 정규군대로 용병에 의해 진형을 유지하기 어렵기 때문이었다.

그런데 자신과 함께한 용병은 자유자재였다. 때로는 정규군과 어울리고 때로는 홀로 떨어져 회색 오크들을 요격하면서 차근차근 수를 줄여갔다. 그러면서 흘깃거리면서 주변을 훑었는데 처음에는 전장 상황을 알기 위해 그러는 줄 알았는데 보면 볼수록 누군가를 기다리고 있는 것 같은 느낌이 들었다.

'설마 누구를 기다리는 건가?'

아니, 그건 어쩌면 프라우디르 백인대장의 희망 사항일지도 몰랐다. 하지만 자꾸만 그런 생각이 뇌리 속을 지배하는 것은 어쩔 수 없었다. 프라우디르 백인대장은 머리를 흔들어 쓸데없는 생각을 털어내고 전장을 바라봤다.

그리고 사람보다 더 큰 잿빛 다이어 울프를 볼 수 있었고, 그 위에 샤벨 타이거의 가죽을 벗겨 뒤집어쓴 거대한 체구의 회색 오크를 볼 수 있었다.

'저놈이다.'

직감적으로 깨달았다. 먼 거리임에도 불구하고도 한눈에 알아볼 수 있을 정도의 체구였다.

꾸욱!

플레일과 방패를 꽉 움켜잡았다.

"으아아악!"

그는 전신으로 마나를 충만하게 돌리며 앞으로 내달리기 시작했다. 그의 앞을 가로막는 회색 오크들은 여지없이 그의 플레일과 방패에 부딪쳐 피떡이 되어 튕겨 나갔다. 하지만 그의 전진 역시 얼마 못 가서 멈출 수밖에 없었다.

"끄어억!"

프라우디르 백인대장의 입에서 고통스러운 비명이 터져 나왔고, 그는 앞으로 전진하던 속도보다 더 빠르게 튕겨 나갔다. 그 고통스러운 와중에도 프라우디르 백인대장은 자신을 튕겨낸 회색 오크를 바라봤다.

가장 거대한 잿빛 다이어 울프도 아닌, 그보다 작은 다이어 울프를 탄 회색 오크였다. 그렇다 해도 족히 2미터는 넘어 보였고, 몬스터의 얼굴뼈로 만들어진 견갑과 사람 머리보다 더 큰 해머를 휘두르고 있었다.

한 번 움직일 때마다 근육과 핏줄이 꿈틀거렸으며, 그의 표정은 명백하게 경멸하는 것 그대로였다.

"크흐윽!"

무언가에 부딪쳐 몸을 멈춰 세운 프라우디르 백인대장은 다시 자세를 가다듬고 달려 나가려 했다. 하지만 그보다 먼저 회색 오크가 달려들었다.

후우웅!

대기를 가르며 묵직한 소리가 들려왔다. 프라우디르 백인대장은 본능적으로 방패를 들어 빗겨 막았다.

터엉! 터더덩! 콰직!

무언가 부러지는 소리가 들려왔다. 프라우디르 백인대장은 그 순간 끔직한 고통을 맛보고 있었다. 들고 있던 방패가 산산조각이 나며 팔뼈가 그대로 으스러졌고, 그 고통은 무엇과도 비교할 수 없었다.

"크으윽!"

답답한 신음성이 흘러나왔다 지독한 고통 속에서도 프라우디르 백인대장은 아픔을 참아내며 반격을 가하려 했다. 하지만 회색 오크는 결코 기다려 주지 않았다.

후웅!

다시 묵직한 바람 소리가 들려왔다.

'끝이로군!'

하지만 프라우디르 백인대장은 결코 눈을 감지 않았다. 죽는 그 순간까지 플레일을 움켜쥐고 자세를 잡으려 했다. 하나 상황은 점점 더 절망적으로 흘러갔다. 회색 오크의 거대한 해머가 프라우디르 백인대장의 머리 지척까지 다가올 즈음.

슈칵!

"크륵?"

무언가 잘려 나가는 소리가 들려오며 거대한 해머를 내려치던 회색 오크가 그대로 굳었다.

"피해!"

그리고 프라우디르 백인대장의 귓가에 들려오는 속삭이는 듯한 목소리. 그에 프라우디르 백인대장은 체면도 잊은 채 몸을 옆으로 굴렸다.

그가 몸을 피한 직후 굳어 있던 회색 오크의 거대한 신형이 무너져 내리기 시작했다.

프라우디르 백인대장은 멍하니 그 모습을 지켜보다 문득 생각이 났는지 부리나케 주변을 훑어보기 시작했다. 회색 오크가 짚단 쓰러지듯 무너져 내리고 있었다. 그리고 그 방향은 거대한 잿빛 다이어 울프가 있는 곳으로 향하고 있었다.

"꾸어어어엉!"

방금 자신을 향해 쇄도해 온 회색 오크보다 머리 하나는 더 큰 대장 회색 오크가 커다란 분노의 함성을 질러냈다. 그리고 잿빛 다이어 울프의 등에 타고 반월형 부주를 휘두르며 거칠게 달려왔다.

아마도 이 전투의 핵심은 방금 전 나타난 존재에 의해 판가름 나리라는 것을 본능적으로 깨달은 것일 게다. 실제 그 이전까지는 완벽한 승리였다. 하나 새로운 존재가 나타남으로써 전황이 완전히 달라지고 있었다.

멀리서 회색 오크의 목을 잘라내면서 제라르가 히죽 웃었다.

'형님 오셨네.'

그는 본능적으로 알 수 있었다. 형님이 오셨다고. 지금 이 전황을 완벽하게 뒤바꿀 수 있는 존재는 형님밖에 없다고 말이다.

"으랏차! 뒈져라, 이 돼지 새끼들아!"

그가 또 다른 회색 오크를 향해 쌍검을 휘두르고 들어갔을 때 그가 형님으로 부르는 존재, 바로 아론이 한 마리 회색 오크의 머리를 발로 박살을 내며 허공으로 뛰어오르고 있었다. 그리고 그의 손에는 예의 반으로 잘려 나간 거대한 양손대검이 들려 있었다.

그에 대장 회색 오크 역시 잿빛 다이어 울프의 등을 박차고 솟아올랐다.

"취이익! 죽어랏!"

대장 회색 오크는 확신하고 있었다. 인간 따위는 자신의 상대조차 되지 않는다는 것을 말이다. 응축되어 있던 전신의 근육이 폭발했다.

쉬아악! 콰아아앙!

단순히 둘이 부딪쳤음에도 불구하고 거대한 폭음이 들렸고, 그 아래 치열하게 다투고 있던 이들의 이목을 집중시켰다.

"크륵!"

그리고 그 폭음을 뚫고 거대한 체구가 튕겨 나갔다. 바로 대장 회색 오크였다. 그리고 그 튕겨 나가는 회색 오크를 따라붙는 빛이 있었으니 바로 아론이었다. 아니, 그는 빛이 아니었다.

마치 공간을 접은 듯 튕겨 나가는 대장 회색 오크의 머리 위에 모습을 드러냈고, 거대한 양손대검을 휘둘렀다.

촤아아악!

정확하게 반으로 갈라졌다. 비명도 없었다. 그에 자신의 주인이 죽은 것에 분노한 잿빛 다이어 울프가 입을 쩍 벌리며 아론의 목을 물어뜯을 듯이 배후에서 쇄도했다. 아론은 뒤도 돌아보지 않은 채 양손대검을 던졌다.

콰직! 캐앵!

거대한 잿빛 다이어 울프의 입을 그대로 관통한 양손대검은 유려하게 허공을 선회한 후 아론에게 날아들었다.

허공에서 떨어져 내리며 양손대검을 받아 든 아론이 몸을 급격하게 회전시켰다.

콰카가가강!

폭풍이 일기 시작했다. 그 순간 아론은 그 누구도 모르게 손가락으로 일정 지역을 가리켰다.

"췌르륵!"

"케륵!"

그가 가리킨 곳에 몰려 있던 회색 오크들은 갑자기 칠공에서 검은 녹색의 핏물을 흘리며 마치 거대한 압착기에 의해 눌리는 듯하더니 마침내 기이한 소리를 내며 터져 나갔다.

퍼버버벙!

하지만 그 누구도 그곳을 주시하지 않았다. 갑작스럽게 전장에 난입해 눈부신 활약을 하고 있는 단 한 존재만을 바라볼 뿐이었다.

"다 죽을 셈인가?"

그때 아론의 입에서 노호성이 터졌다. 그제야 기사들과 병사들은 자신들의 추태를 깨닫고 다시 무기를 부여잡고 맹렬하게 회색 오크를 공격해 들어갔다.

회색 오크 역시 마찬가지였다. 대장 오크가 죽었음에 도망가지 않고 오히려 그 복수를 하겠다는 듯이 눈을 붉게 물들이며 기사들과 병사들을 압박했다.

"살 수 있다!"

"공겨억! 공격하라!"

"우와아아!"

"우르크 전사의 복수를!"

"복수를!"

"간악한 인간 놈들이 피를 마셔라!"

"췌르르륵!"

분노한 회색 오크와 용기를 얻은 기사와 병사들이 부딪쳤다. 마법이 날아들고 검광과 비명 소리가 난무했다.

"늦었수."

능청스럽게 한 마리의 회색 오크를 베어 넘기며 아론에게 반가운 소리를 하는 제라르였다.

쉬카아악!

한 번에 두세 마리의 회색 오크의 목을 베어버리고 무덤덤한 표정을 지어 보이는 아론이었다.

"잘 버텼네."

"생각보다 저치의 지휘기 괜찮긴 했수."

"확실히."

짧게 답하면서 회색 오크들을 빠르게 죽여 나가고 있는 아론이었다. 제라르의 경우 임기응변으로 가까스로 회색 오크들을 죽이고는 있었지만 솔직히 많이 지쳐 있는 상태였다. 아니, 제라르만이 아니라 지금 여기 있는 모든 이들이 마찬가지였다.

아주 잠깐 회색 오크의 대장을 죽인 아론의 활약으로 사기가 올랐지만 오히려 분노한 회색 오크들의 맹렬한 반격은 전황을 더욱더 힘들게 했다. 하지만 그렇다 해서 상황이 아주 절망적으로 변한 것은 아니었다.

아론의 등장과 그의 믿을 수 없는 무력으로 인해 순식간에 150여에 이르던 회색 오크가 1백 명 이하로 줄어들었다. 그리고 회색 오크들은 그리 어리석지 않아 지금 전장에서 가장 주의해야 할 대상이 누구인지 너무나도 잘 알고 있었다.

기사들에게는 적어도 서너 마리가 그리고 프라우디르 백인대장에게는 대여섯 마리의 회색 오크가 달라붙어 끊임없이 체력을 갉아먹고 있었다. 그리고 그 정점에는 역시 아론이 있었다.

그에게 가장 많은 회색 오크들이 몰려들고 있었다.

그 덕분인지 병사들과 마법사는 한결 수월하게 전투를 수행할 수 있었다. 엇비슷한 수로 상대할 수 있으니까 말이다.

"취이익! 저놈이다!"

"죽어랏! 취이익!"

"전사의 복수를!"

회색 오크들이 아론을 향해 끊임없이 달려들었다. 한 손으로 양손대검을 휘두르며 몇 마리의 회색 오크의 목을 베어버리고, 다른 한 손으로는 단검, 혹은 손도끼 등의 투사체를 사방으로 날려 보내고 있었다.

"췌르륵!"

"그륵!"

양손대검에 의해 죽은 회색 오크들은 비명조차 지르지 못했고, 그가 던진 투사체는 마치 무기에 눈이라도 달린 듯 백발백중이었다. 그리고 그 와중에 공간이 터지면서 주변의 회색 오크들에게 추가 피해를 주니 그야말로 일당백의 실력이었다.

아론이 날뛰기 시작하자 수많은 회색 오크에게 둘러싸여 있던 기사들은 한결 수월하게 전투를 수행할 수 있었다. 그 와중에 프라우디르 백인대장은 흘끔거리면서 아론의 전투하는 모습을 보고 있었다.

'대… 단하군.'

솔직히 대단한 정도가 아니었다. 상급의 기사인 자신조차 버거운 회색 오크들이다. 물론 일반적인 회색 오크들은 아니었다. 일반 회색 오크들보다 조금 더 큰 체구와 힘을 자랑하는, 인간들의 기사 수준으로 보면 하급이나 중급 정도 되어 보이는 회색 오크였다.

아론 그가 아무리 마구잡이로 회색 오크를 주살한다고 해도 그 속에 중, 하급 수준의 회색 오크가 없으리란 법은 없었다. 그러함에도 불구하고 아론의 기세는 전혀 줄어들지 않고 있었다. 마치 보통의 회색 오크를 주살하는 것과 같았다.

하지만 기사로서 마지막 자존심이 그를 자신보다 위의 실력자로 두기를 주저하고 있었다. 그저 보기에도 지금 이곳에서 그자를 당해낼 수 있는 존재는 없음에도 불구하고 말이다. 그것은 프라우디르 백인대장만이 아니었다.

그를 용병이라 비웃던 기사들과 병사들 역시 마찬가지였다.

'염병! 뒈졌네!'

그들의 솔직한 심정이었다.

'그때 알아봤어야 하는데…….'

신고식 때 두 명의 기사를 아주 가볍게 제압하던 그의 모습이 눈앞에 선했다. 그때는 그들이 방심했다고 생각했다. 하지만 지금 보니 방심한 것이 아니었다. 전력을 다한다 해도 아론이라는 저 용병의 발끝에도 미치지 못할 것 같았다.

'어쨌든… 아군이니까.'

그랬다. 어쨌든 그는 회색 오크 쪽이 아닌 자신들 쪽이었다. 그리고 그가 나타남으로써 전황은 점점 더 유리해지고 있었고, 회색 오크의 수는 빠르게 줄어들고 있었다.

그리고 그때였다.

"우와아아아아!"

"쳐라!"

"공겨억! 공격하라아!"

픽스틴 부관이 이끄는 분대가 우렁찬 함성을 지르며 쇄도해 들어오기 시작했다. 그들이 이렇게 빨리 올 수 있던 것은 얀센을 길잡이로 활용한 덕택이었다. 아론은 오는 도중에 곳곳에 표식을 남겼고, 가장 빠른 길을 택해 명확하게 길을 안내했다.

그 덕분에 픽스틴 부관이 이끄는 분대는 최단 거리를 무식하게 빠른 속도로 이동할 수 있었다. 이미 직선거리로 거치적거리는 모든 것을 제거한 상태였으니 마치 평탄한 길을 달리듯 왔을 터였다.

회색 오크들은 당황했고, 기사들과 병사들은 용기백배했다. 그 기세 그대로 그들은 회색 오크들을 밀어붙이기 시작했고,

당황한 회색 오크들은 슬금슬금 물러나기 시작했다.

그리고.

"취이익! 돌아온다! 반.드.시! 후퇴! 후퇴하라!"

그중 가장 덩치가 큰 회색 오크가 외쳤고, 오크들은 빠르게 썰물처럼 숲 속으로 사라졌다. 그런 그들을 정찰대는 쫓을 수 없었다. 그들을 쫓기에는 너무나 막대한 힘을 소모했기 때문이다.

척!

거친 숨을 몰아쉬며 자리에 주저앉아 있던 프라우디르 백인대장 앞으로 가죽 신발이 보였다. 그는 본능적으로 신발의 주인을 알 수 있었다. 그가 고개를 들어 아론을 바라보자 아론이 입을 열었다.

"이동해야 하지 않겠나?"

그 말에 잠시 주변을 돌아본 프라우디르 백인대장이 힘없이 고개를 끄덕이며 입을 열었다.

"그렇군."

피와 살점, 그리고 흘러내린 내장이 사방으로 낭자한 전장이다. 이곳에 있었다가는 또 다른 몬스터를 불러들일 것이 자명했다.

"신분을 증명할 물건만 수집한 후 이동한다!"

프라우디르 백인대장의 명령에 기사들과 병사들이 빠르게

움직이기 시작했다. 그리고 자리에서 일어나 창백한 얼굴로 헐떡이고 있는 이글레시아스 마법 조장에게 물었다.

"통신은 되오?"

"여전히……."

"그렇군."

회색 오크들과 전투에 들어가면서부터 통신이 두절되었다. 마나가 불안정한 탓이었다. 왜 이렇게 되었는지 모를 일이지만 분명한 것은 자신들은 지금 고립되었다는 것이다. 명령을 완수해야만 하고, 병력은 이미 절단이 난 상태라 할 수 있다.

프라우디르 백인대장의 시선이 아론에게로 향했다.

"일단은… 사과하지. 미안하다."

"그래서?"

되묻는 아론.

"이제 어떻게 해야 하지?"

자존심은 강하지만 어리석지는 않았다. 그의 무력을 보았고, 능력을 눈앞에서 확인했다. 유일한 희망이 그라는 것을 모르지 않는 프라우디르 백인대장이다.

"그걸 왜 나에게 묻지? 백인대장은 당신인데?"

"후우~"

아론의 차가운 말에 프라우디르 백인대장은 고개를 저었다. 정말 자존심이 상하는 일이었다. 하지만 자신은 백인대를 이끄는 대장이다. 백인대를 살리기 위해서, 그리고 정찰 임무를 완수하기 위해서는 아론이라는 용병의 도움이 절실했다.

"미안했다. 정식으로 요청한다. 도움을 다오."

그에 빤히 프라우디르 백인대장을 바라보던 아론이 입을 열었다.

"조건이 있어."

"무슨 조건인가?"

조건이라는 말에 프라우디르 백인대장은 인상을 찌푸렸다. 또다시 돈 이야기가 나올까 봐서이다. 별로, 아니, 전혀 달갑지 않은 표정이다.

"내 의견을 최우선으로 할 것."

"그……."

아론의 말에 살짝 놀라는 프라우디르 백인대장이다.

솔직히 놀랍지 않은가?

다른 조건이 나올 줄 알았는데 말이다.

"그… 정도라면……."

"됐다. 가까운 곳에 하루 정도 안전하게 머물 장소가 있더군."

그러면서 등을 돌려 세우는 아론이었다.

CHAPTER 7

이상 현상

프라우디르 백인대장의 기세가 완벽하게 꺾였다.

그는 지금 아론이 자신에게 말을 내리고 있다는 것조차 인지하지 못하고 있었다. 아니, 오히려 당연하다고 생각하는 것 같았다. 물론 지금은 경황이 없어서 그런 면도 있을 것이다.

하지만 내면을 보면 그만큼 아론의 활약이 충격적이라는 것을 대변하는 것이다. 그만이 그런 것이 아니었다. 프라우디르 백인대장 이하 모든 이가 그러했다. 그러한 모습을 보며 제라르와 얀센은 히죽 웃었다.

"기사 때려치울까?"

"헤헹! 마음에도 없는 소리."

"마음에도 없는 소리? 왜 그렇게 생각하는데?"

"모든 용병이 오매불망하는 기사잖수."

"오매불망? 하긴 뭐 그렇긴 한데, 저런 사람하고 같이 다니는 것이 더 재미있을 것 같은데……."

얀센의 말에 제라르는 시선을 아론에게 두고 고개를 주억거렸다.

"확실히 우리 형님 정도면 그렇지."

"형님?"

"왜, 이상하우?"

"아니. 진심 같아서."

얀센의 말에 피식 웃어버리는 제라르였다. 기실 용병들에게 있어서 형님, 동생은 생활과 같은 것이다. 어떻게든 살아남기 위해서 혈연으로 묶고자 하는 생존 본능이었다. 한마디로 형님, 동생이란 살아남기 위해 약자가 강자에게 붙는 수단과도 같았다.

그래서 기사들과 병사들은 용병들의 형님, 동생을 비열한 아부라고 했다. 나이가 어림에도 불구하고 실력이 있다면, 인성이 거지같아도 실력만 있으면 그 모든 것을 무용지물로 만들고 형님, 동생 했으니 말이다.

그래서 얀센은 제라르의 눈을 바라봤다. 바로 비열한 아부가 아닐까 해서이다. 하지만 그의 눈은 진심을 담고 있었다. 그를 진실한 형님으로 여기고 있었다.

"내 목숨을 살려줬으니까."

"목숨을?"

"내가 왜 형님하고 회색의 숲에 온 것이라고 생각하쇼?"

"그야……."

"이곳에서 형님에게 구함을 받았수."

"흐음."

"내가 생명의 구함 받을 때 형님에게 물었수. 무슨 의도냐고."

"그래서?"

"형님이 말하더이다. 사람 살리는 데 의도가 필요하냐고."

"허어……."

얀센은 놀랐다. 그도 그럴 것이, 용병에게서, 아니, 이 시대를 살아가는 기사나 귀족 중 그런 간지러운 말을 할 사람이 과연 있을까 하는 생각이 들어서였다.

"재미있지 않수?"

"확실히 재미있군."

그렇게 둘이 대화하는 동안 아론은 정찰 백인대를 이끌고 그가 봐둔 곳으로 안내했다.

"이곳인가?"

"그래."

프라우디르 백인대장의 물음에 아론이 고개를 끄덕였다. 그에 프라우디르 백인대장은 허리를 펴고 사방을 둘러보았다. 지금 프라우디르 백인대장과 정찰대원들이 서 있는 곳은 주변보다 약간은 높은 곳이었다.

대략 30~40미터 정도 높은 곳으로 그것만으로도 주변을 조망할 수 있었고, 특이한 것은 나무가 다른 곳과 다르게 허리 어림의 관목이 주를 이루고 있다는 것이다. 이유는 곧 알 수 있었는데 기본적으로 이 위치가 바위로 이루어져 있었다.

바위 위에 오랜 세월 동안 먼지가 쌓여 흙이 되고, 흙 위에 이끼가 끼고, 나무나 꽃씨가 떨어져 작은 언덕을 형성하게 된 것이다. 하나 기본적으로 바위가 기반이 되다 보니 다른 곳과 다르게 커다란 아름드리나무는 자랄 수 없었던 것이다.

그러하기에 외부에서 봐서는 전혀 보이지 않고, 안에서 보면 외부 전체를 감시할 수 있는 곳이 된 것이다.

"이런 곳이 존재하다니……."

"그러게. 밖에서는 전혀 보이지 않더니……."

기사들과 병사들은 탄성을 내지를 수밖에 없었다. 그리고 찾아드는 안도감. 그에 그들은 누가 먼저랄 것도 없이 털썩 주저앉았다. 경계심이 풀어진 것이다. 그것은 푸라우디르 백인대장 역시 마찬가지였다.

그때 그의 곁으로 다가오는 이가 있었으니 바로 부관인 조나스 픽스틴이었다. 그 역시 상당히 험한 꼴을 당했는지 피곤한 기색이 역력했고, 평소 소중하게 여기던 라운드 실드의 여기저기가 찌그러져 있었다.

"병력은 어떻게 되나?"

"기사 열두 명, 조장을 포함한 마법사 네 명, 정규군 서른일곱 명이 살아남았습니다."

"끄응."

픽스틴 부관의 보고에 앓는 소리를 내고야 마는 프라우디르 백인대장이었다.

최초 회색의 숲으로 진입한 총원이 103명이었다. 그런데 겨우 50여 명 안팎이 남은 것이다. 어떻게 보면 선전이라 할 수 있었으나 암담하기는 마찬가지였다.

"통신은?"

"후우~ 어렵습니다."

마법 조장으로 있는 4서클의 화염마법사인 훌리오 이글레시아스가 힘겹게 고개를 좌우로 저으며 입을 열었다.

"만만치 않군."

프라우디르 백인대장의 입에서 흘러나온 말은 참으로 어처구니없는 것이었다. 하나 지금 현재 그는 허세라도 이렇게 담담하게 말을 해야만 했다. 어쨌든 자신은 정찰 백인대장이었다. 자신이 무너지면 모두 무너지는 것과 다르지 않았다.

그러다 그는 아론을 바라봤다.

그가 있는 곳에는 그와 함께 온 제라르라는 용병과 기사 얀센 크라우프가 있었다. 그들은 무엇이 그리 재미있는지 연신 이런저런 대화를 나누며 감탄하기도 하고 설핏 웃음을 떠올리기도 했다.

진한 패배감에 휩싸인 기사들이나 병사들과는 전혀 다른 모습이었다.

"대단하지 않습니까?"

"뭐가 말인가?"

"저기 아론이라는 용병 말입니다."

"그래, 대단하더군."

픽스틴 부관의 물음에 프라우디르 백인대장은 고개를 끄덕였다. 그의 실력은 상급인 자신을 훨씬 우회하는 실력임이 분명했다.

'어쩌면 마스터일지도……'

그에 프라우디르 백인대장은 고개를 가로저어 생각을 털어냈다. 그에게서 오러 블레이드를 볼 수는 없었다. 그 급박한 상황에서도 오러 블레이드를 사용하지 않았다면 마스터가 아닐지도 몰랐다.

'그렇다면 최상급일지도……'

최상급이나 수십 년의 실전 경험과 최상급에 이른 실력이 어우러져 마스터에 이르는 실력을 가질 수 있을지도 모를 일이다. 하나 이내 다시 고개를 저었다. 불가능했기 때문이다. 이곳에 오기 전에 그는 두 용병에 대해 철저하게 뒷조사를 했다.

회색의 숲은 결코 가볍게 볼 곳이 아님은 알고 있었다. 그래서 병사를 선발하는 데에도, 기사나 마법사를 선발하는 데에도 심혈을 기울였다. 그 결과 아론이라는 용병은 불과 한 달 보름 전까지만 해도 그저 유저였다는 것이다.

생사의 갈림길에서 각성해서 마나를 다뤄 익스퍼트에 오른 것이었다. 그런데 어떻게 불과 한 달 보름 만에 최상급에 오를 수 있단 말인가?

"그가… 속였을까요?"

이글레시아스 마법 조장이 이제 숨을 조금 돌렸다는 듯이 입을 열었다.

"그건 아닐 것이네. 그는 열두 살부터 용병 일을 했다는군."

"허어~"

프라우디르 백인대장의 말에 이글레시아스 마법 조장은 헛바람을 일으켰다. 적어도 20년 이상을 속여 왔다고 할 수 있는데 그것은 불가능했다.

"중요한 일은 아니지 않겠습니까?"

"그렇지. 중요한 것은 그것이 아니지."

조금은 떨떠름하게 답하는 프라우디르 백인대장. 그에 픽스틴 부관은 슬쩍 자리를 벗어나 아론이 있는 곳으로 향했다. 프라우디르 백인대장은 그를 말리지 않았다.

"무슨 일인가?"

"꼭 일이 있어야 오는 건가?"

"기사씩이나 되는 사람이 발톱의 때로 여기는 용병을 찾을 일은 없을 테니까."

아론의 날카로운 반응에 픽스틴 부관은 어정쩡하게 웃었다. 그런 픽스틴 부관의 모습에 얀셴은 슬쩍 웃으며 어깨를 으쓱이곤 아론을 향해 입을 열었다.

"까칠하게 굴지 맙시다. 엉덩이 무거운 기사씩이나 되는 사람이 형님한테 올 정도면 중요한 말이 있지 않겠소?"

얀셴의 말에 아론은 멀뚱하니 그를 바라봤다. 제라르 역시 살짝 이상하다는 표정을 지어 보였다. 그러다 아론의 시선이 픽스틴 부관을 향했다.

"할 말 있으면 해."

"고… 맙소."

"……"

그에 아론은 슬쩍 프라우디르 백인대장을 바라봤다. 프라우디르 백인대장은 이쪽의 상황을 모르는지 이글레시아스 마법 조장과 대화를 하다 아론과 시선이 부딪쳤다. 그에 살짝 고개를 숙여 보였다.

"다행이로군. 그리고 그 말을 하고자 날 찾은 것은 아닌 것 같고."

"사실 묻고 싶은 것이 있소."

"묻고 싶은 것이라……. 물론 시베리아 제국의 전진 보급기지까지의 거리겠지?"

"…그렇소."

픽스틴 부관은 살짝 놀란 표정을 지어 보이며 아론을 바라봤다.

그의 태도는 확실의 보통의 용병과 전혀 달랐다. 작전에 대한 개념과 상대방의 의중을 꿰뚫고 있어야만 가능한 일이었다.

"직선거리로 10킬로미터 정도 되겠군."

"직선거리… 인 것이오?"

"그래."

10킬로미터라면 솔직히 멀지 않은 곳이라 할 수 있었다. 기사들의 체력이라면 한두 시간이면 주파할 수 있는 거리이다. 하지만 의문스러운 것이 있었다. 회색의 숲에 들어온 지 불과 십 일.

겨우 십 일 만에 회색의 숲 중앙에 도달할 수 있으리라고는 상상조차 할 수 없었다. 믿지 못하겠다는 얼굴을 한 픽스틴 부관.

"믿지 못하겠다면 어쩔 수 없고."

"아, 아니오. 일단 알겠소."

그러면서 자신의 자리로 돌아가는 픽스틴 부관. 그를 바라보다 문득 제라르가 입을 열었다.

"그런데 크라우프 경은 언제부터 아론 형님에게 형님이라 부르기 시작했수?"

"응? 그게 중요한가?"

"중요하지 그럼 안 중요하겠수? 형님은 용병이고 크라우프 경은 기사잖수."

"나도 용병이었는데?"

"지금은 기사잖수."

"아따, 따지기는. 그냥 마음에 맞으면 형님이지."

그에 말없이 얀센을 바라보는 제라르였다.

"몇 년 출생이냐?"

"나 말이우?"

"그래."

"보자… 그러니까… 2976년생?"

확신하지 못하겠다는 듯이 입을 자신의 출생 년도는 읊는 제라르. 그에 얀센이 씨익 웃음 지으며 입을 열었다.

"2972년생이다."

"……"

"그……"

그의 말에 제라르는 슬쩍 아론을 바라봤다. 그에 아론은 그들을 슬쩍 외면하며 퍼렇게 멍든 하늘을 바라봤다.

"쳇! 형님이네."

입술을 삐죽이는 제라르.

"내가 형님 맞지?"

"에퉤퉤퉤! 형님 하슈, 작은 형님."

작게 말하는 제라르. 곧 죽어도 아론이 큰 형님이라는 것이다.

아론은 2975년생이다. 따지고 보면 얀센이 제일 맏형이 되어야 하겠으나 제라르는 그러고 싶지 않았다. 자신이 먼저 알았으니 자신이 둘째가 되고 싶으나 실력으로 보나 용병으로서의 가지는 이름으로 보나 얀센에게 뒤지는 것은 어쩔 수 없었다.

"그래그래, 넌 내 동생이다. 안 그렇소, 아론 형님?"

"…그래."

얀센은 분위기를 아는지 모르는지 넉살 좋게 아론을 형님이라고 불렀다. 아론 역시 자신의 출생 년도를 밝히지 않고 그를 동생으로 받아들였다.

"그런데 작은 형님은 힘들지 않겠수? 기사가 용병에게 형님이라니……."

"까짓, 뭐 자유 기사쯤으로 하지."

"그게 마음대로 되는 거유?"

"지금도 자유 기산데?"

"그, 그렇수?"

"그렇지. 아직 어디에 소속되지는 않았으니까. 단지 그동안 세운 공을 무시할 수 없어서 기사 작위를 받은 것일 뿐, 대우는 뭐… 알지?"

"뭐 그런 것 같기는 하우. 한데……."

"왜? 뭐 묻고 싶은 것이라도 있나? 형님과 동생을 얻은 기념으로 성심성의껏 답해주지."

"왜 아론 형님을 형님으로 모시려 하는 거유?"

"왜라니?"

"아니, 그렇잖수. 아론 형님이 작은 형님의 목숨을 구해준 것도 아니고 말이우."

"음, 그건 참 고차원적인 질문인데, 일단 질문을 받았으니 답을 해줘야겠지? 왜냐하면……."

"왜냐하면?"

"시원해서."

"엑?"

"프라우디르 백인대장은 동부군 중에서도 손꼽히는 실력자다. 그의 집안 역시 왕도에 대저택을 소유한 프라우디르 백작 가문이고 말이지. 솔직히 동부군에서 그의 가문과 그의 위명에 거스를 수 있는 사람은 별로 없지."

"그런데 고작 정찰 백인대장이우?"

말 같지도 않은 말은 하지 말라는 듯이 비웃는 제라르였다. 하지만 얀센은 그런 반응이 나올 줄 알았다는 듯 고개를 주억이고는 입을 열었다.

"찍힌 게지."

"그……."

"예상한 그대로다. 너무 강직해. 적당히 구부러질 줄도 알아야 하는데 말이지. 그래서 파견을 보낸 것이지. 그는 계륵과 같은 존재거든."

"허어~ 기사들이나 귀족들이 더러운 줄은 알았지만 솔직히……."

"이해할 수 없지?"

"그야 뭐……."

"나도 기사가 되고 나니 알겠더군. 용병으로서 기사가 되는 것은 정말 지난한 일이지. 굉장한 영광이면서도 성이 생기고 가문도 생기니까 말이야. 하지만 곧 진절머리가 나더군. 용병은 억세기는 하나 나름의 순수함이 있는 반면 이 세계는 그렇지가 않거든."

쏩쏠하게 자신이 겪은 기사와 귀족의 세계에 대해 말하는 얀센의 모습에 제라르는 괜한 것을 물어봤다는 듯 미안한 표정으로 고개를 주억였다.

"괜찮아, 괜찮아. 그 덕분에 너도 만나고 형님도 만났으니까."

"그, 그렇수?"

"그럼, 그럼."

짐짓 호탕한 모습을 보여주는 얀센이다. 하지만 제라르는 그 속에서 말할 수 없는 쏩쏠함을 느끼고 있었다. 용병으로서 기사가 되었으나 결코 그들에게 합류할 수 없고 무시당하는 그 마음을 충분히 공감하고 있었기 때문이다.

'동생이 또 한 명이 생겨서 좋겠군.'

제라르와 얀센이 대화하는 동안 아론은 백두산과 대화를 하고 있었다.

'오랜만이로군.'

'그래, 점점 깨어 있는 시간이 줄어드는군.'

아론은 백두산의 말에 말없이 고개를 끄덕였다. 백두산은 점점 더 잠들어 있는 시간이 길어지고 있었다. 자신의 앞에 있으면 창백하고 쇠약해져 가고 있는 그의 모습을 볼 것 같아 두려울 정도이다.

'시간이……'

'얼마 안 남았지. 뭐 그래도 내가 전해줄 것은 다 전해줬으니……'

'지식이라는 것이 전해준다고 전해지는 것일까?'

'그런 의문이 생겼다는 것 자체가 네가 변했다는 것을 의미하지.'

'그런가? 네 덕이로군.'

'글쎄? 그건 아닌 듯하군. 너는 마치 맑은 물과 같았지. 난 그저 그 맑은 물속에 지식이라는 잉크를 떨어뜨렸을 뿐이야.'

'어쨌든 그 잉크가 없었다면 지금의 내가 없겠지.'

'하하, 그런가? 그런데 보아하니 다시 회색의 숲인가 보군.'

'그렇지. 이미 예상한 일이지. 그런데……'

'왜?'

'오크들이 변했어.'

'흐음, 그래? 잠들어 있어서 알 수 없군. 이제 네 생각과 감각을 공유하는 것조차 힘들군.'

'조직적이야.'

'조직적이라는 것은……?'

'회색 고블린을 이용해 정찰대를 둘로 나누고 매복과 기습을 했지. 홉 고블린을 이용해 통신을 방해하고 있고 말이야.'

'허어~ 각성한 것인가?'

'각성? 혹시 생각나는 것이라도?'

'아! 뭐 이건 가정이지만 혹시라도 오크들이 각성해서 인간과 같은 지능을 가지고 있으며, 그들 내부에서도 권력 다툼이 일어나고, 인간과 우호적인 이들이 있는가 하면 인간에 대해 끊임없는 적대감을 가진 이들이 등장하지 않았을까 해서 말이지.'

'…도대체 어떤 지식을 가지면 그런 가정을 할 수 있는 거지?'

'아, 뭐… 내가 사는 세상에 그런 유의 전설이 있어서 말이지.'

'그게… 가능한가?'

'가능하지 않을 이유는 또 뭔데?'

'그야……'

'몬스터라서?'

'그… 렇지.'

확신하지 못한 아론의 답이다. 하지만 아론은 불안했다. 백두산의 말이 맞을지도 모르기 때문이다.

'왜 그런 생각을 하게 된 건데?'

'왜냐하면 전 차원을 아우르고자 하는 너를 네가 죽였을 때 너에게 전승된 것은 공간과 불멸, 그리고 나의 지식이지.'

'그럼… 혹시……?'

'그래, 너와 같은 존재가 없으리란 법도 없지.'

'그게 오크들을 각성하게 했다는······.'

'그럴 수도 있다는 말이지. 확신할 수는 없지.'

'······'

아론은 불안했다. 그런 와중에 백두산의 나른하고 힘없는 목소리가 흘러나왔다.

'아~ 흐음, 졸립군.'

'언제··· 다시 깨어나나?'

'글쎄, 그것은 모르겠군. 이대로 영영 잠들 수도 있고 말이지. 왜? 아쉬워?'

'무슨 말도 안 되는······.'

'그래, 그럴 줄 알았지. 어쨌든 잠 좀 자야겠군. 수고하라고.'

그러면서 존재가 희미해지는 백두산. 잠시 정신이 아득해지는 아론이다.

"···님, 형님!"

"어? 어~"

"무슨 생각을 그리 깊이 하는 거유?"

"부른 이유가?"

"백인대장이 형님을 찾수."

"그래, 알았다."

백인대장이 있는 곳을 향해 걸음을 옮기는 아론의 뒷모습을 보며 얀센이 제라르에게 물었다.

"넌 형님의 본 실력을 본 적 있냐?"

"봤겠수?"

"그래? 너도 못 봤어?"

"아론 형님을 본 곳이 이곳 회색의 숲이요. 회색 오크에게 당해 1백이던 대원들이 거의 전멸하려는 찰나 그가 나타난 거유."

"세던?"

"그냥 세겠수?"

"겁나?"

"작은 형님도 봤잖수."

"쬐에끔."

"흠흠, 뭐 참고로 말하자면 중앙의 보급 부대를 발견한 것도 큰형님이고, 그곳에 바질리스크를 집어넣고 쥐도 새도 모르게 작전 명령서를 빼낸 것도 큰형님이고, 회색 오크와 바질리스크의 중립지대로 이동하면서 적 추적대를 반조각 낸 것도 큰형님이오."

"그럼 너희들은?"

"뭘 했겠수?"

알면서 물어보느냐는 듯이 불퉁스럽게 답하는 제라르였다. 그에 얀센은 잘 알겠다는 듯이 고개를 끄덕였다.

"그런데 말이다."

"뭔 말을 하려고 그리 뜸을 들이슈?"

"형님이 나에게 뭐 좀 가르쳐 주려나?"

"글쎄… 그건 장담할 수 없겠수만, 큰 형님이 날 아우로 삼으면서 어디서 안 맞고 다니게 하겠다는 말은 했는데……."

"그래? 형님한테 뭐 배운 게 있냐?"

"일단 호흡법이우."

"호흡법? 그건 비인부전인데?"

"그러니까 내가 큰 형님이라고 하는 거유."

"한데… 너무 순순히 알려준다만?"

얀센이 물었다. 그에 제라르가 씨익 웃었다.

"형님이 그럽디다."

"뭘?"

"주려면 다 벗어 주라고. 대신 배신할 때는 뼈까지 씹어 먹으라고."

"허어~ 그 양반, 내가 이렇게 물어볼 줄 알았던 모양이군."

"내가 보기엔 말이우, 큰형님의 수준은 우리를 훨씬 앞지른 것이 맞수. 프라우디르 백인대장이 상급인 것으로 알고 있수. 그 백인대장도 쩔쩔 매는 것을 큰형님 혼자 처리했수. 그리고 일전을 겪은 이후 프라우디르 백인대장이나 정규병들이 우리를 대하는 태도가 달라졌잖수."

"그래, 그렇지."

확실히 달라졌다. 예전에는 따돌림을 당하는 어려움을 겪었다면 지금은 약간은 부러운 눈으로 쳐다보는 기사들이다. 조금 편해진 것도 있긴 있었다. 하나 얀센은 여전히 기사들과 함께 있는 것보다 아론이나 제라르와 있는 것이 편했다.

허심탄회하고 형님, 동생이란 말로 묶임으로 인해 마치 가족처럼 대해주기 때문이기도 할 것이다. 물론 그것이 진실인지 아닌지는 모르겠지만 어쨌든 그런 느낌이 강하고 편했기 때문이다.

"확실히 큰형님의 실력은 프라우디르 백인대장마저 초월했지."

그에 제라르는 조심스럽게 귓속말을 했다.

"솔직히 난 큰형님이 마스터라는 데에 내 전 재산을 걸 수 있수."

제라르의 말에 얀센은 그를 바라봤다. 제라르의 눈동자에는 확신이 깃들어 있었다. 부정하고 싶지 않은 현실이었다. 애써 기사들은 그를 프라우디르 백인대장의 경지나 최상급으로 폄하하기는 했다. 오러 블레이드를 보지 못했다는 것에서 말이다.

'하지만 회색 오크를 주살할 때 과연 마나를 시전했을까?'

자신은 마나를 본 적이 없었다.

'아니면 또 다른 방법이 있었을까?'

끊임없는 상념이 얀센의 머리를 어지럽혔다. 제라르는 얀센이 그러거나 말거나 벌렁 드러누우며 팔베개를 했다.

"백번 생각해도 모를 거유. 큰형님이 직접 말해주기 전까지는."

"하긴."

그러면서 곁에 눕는 얀센이었다. 그러다 문득 프라우디르 백인대장이 있는 곳에서 무언가 신중하게 대화를 나누는 듯한 아론의 모습을 볼 수 있었다.

"불렀나?"

"그래."

"무슨 일로?"

"적의 보급 부대가 10킬로미터 남짓 남았다고?"

"들었나 보군."

"들었지. 그런데 확인 가능한가?"

"확인?"

"그래."

아론은 주변을 둘러보았다.

"병사는 남기고 기사와 마법사만 간다면."

"병사를 남겨야 할 이유는?"

"10킬로미터라는 거리를 마나가 없는 병사가 달린다면 얼마나 걸릴까?"

"그… 렇군. 그걸 생각 못 했군. 확인하고, 때에 따라 전투가 이어지고, 퇴각 후 합류까지 말이지."

"그리고 생존 처를 완벽하게 준비할 수 있지. 그들도 정해진 길 외에는 움직이기 수월치 않을 테니까."

"그렇군. 언제 가능하겠나?"

프라우디르 백인대장의 물음에 그와 마법 조장, 그리고 부관을 바라보다 하늘을 바라봤다.

"바람에 물기가 있군."

"비가 올 거란 말인가?"

"글쎄. 그건 알 수 없지. 다만 이런 울창한 숲에서는 가끔 한두 시간 정신없이 쏟아지는 비를 만날 수 있지. 그리고 이런 곳에서의 전투는 체력전이다. 마나를 다룬다고 해서 체력이 필요 없는 것은 아니지."

"충고, 고맙게 받아들이지."

"삼 일."

"그 정도까지?"

"본인이 문제가 아니라 기사들이 문제겠지. 마법사 역시 마찬가지고."

"그렇군. 거기까지 생각하지 못했군. 쉬어야겠군."

"저녁은 내가 마련하지."

"고맙군."

"……."

그에 말없이 자리에서 일어나는 아론. 그런 그를 말없이 바라보는 세 인물. 그들의 얼굴에는 굴욕감이나 자존심이 상했다는 감정은 없었다. 오로지 강자에 대한 예우가 있을 뿐이었다. 그나마 자신들이 그보다 더 직급이 높기에 자리에서 일어나지 않고, 그를 바라볼 수 있을 뿐이었다.

"후우~ 도무지 알 수 없군."

나직하게 한숨을 토해내며 이글레시아스 마법 조장이 입을 열었다.

"알 수 없다니?"

"마나가 침투시키지 못했다는 겁니까?"

"아니. 마나는 침투시킬 수 있었네."

"하면?"

"그걸 어찌 설명해야 할까."

말을 늘이면서 고민하는 눈치였다. 경험을 했기에 설명을 해야겠는데 딱히 설명할 방법이 없었다. 프라우디르 백인대장은 곤혹스러웠다. 상대는 마법사였다. 지식을 탐구하는 마법사 말이다.

그런데 그런 마법사가 적당한 단어의 배열을 생각해 낼 수 없는 기묘한 느낌이라면 대체 뭐란 말인가? 설사 설명을 한다고 해서 자신이 이해할 수 있을까? 직접 경험한 그조차도 인지하지 못한 것을?

"되었고, 분명 익스퍼트인가?"

"그것도 애매모호합니다."

"애매모호하다?"

"그렇소."

"어떻게?"

"마치 안개가 잔뜩 내린 새벽과 같은 느낌이라고 할 수밖에."

역시 어려운 낱말을 줄줄이 내뱉는 이글레시아스 마법 조장이었다. 그에 프라우디르 백인대장은 인상을 잔뜩 찌푸린 채 입을 열었다.

"결국 아무것도 알아낸 것은 없다는 말이로군."

"그런 셈이오."

결국 이글레시아스 마법 조장도 설명하기를 포기했다.

"어쨌든 삼 일 동안 몸을 충분히 추스르게."

"알겠소."

"알겠습니다."

명을 내린 프라우디르 백인대장은 아론이 있던 곳으로 시선을 돌렸다. 하지만 그곳에는 아무도 없었다. 제라르라는 용병도 크라우프 경도 말이다. 이미 사냥을 떠난 것이다.

"후우~"

프라우디르 백인대장은 가볍게 한숨을 몰아쉬었다.

'정체를 알 수 없다. 하지만 분명한 것은 아군이고, 동료를 버리지 않으며, 강하다는 것이지. 그렇다면 일단 믿는다.'

그가 오랜 시간 동안 생각한 끝에 내린 결론은 바로 그것이었다. 지금 상황에서는 믿든 안 믿든 그의 무력과 길잡이 능력이 필요했다. 성공적으로 정찰을 한다 해도 그가 없으면 복귀하기 힘든 곳이 바로 회색의 숲이었다.

'그리고… 분명 보통의 오크들과 달랐다. 마치 유사 인류를 보는 듯했다. 오크 주제에 말이지.'

그리고 지난 전투를 복기했다. 깨달은 것이 있었다. 회색 오크는 인간 이상의 지능을 가지고 있다는 것이고, 전투력 역시 인간을 뛰어넘는다는 것이다. 만약 아론이라는 용병이 없었다면 단숨에 전멸할 정도로 강력했다.

그렇게 깊은 생각에 잠겼을 때 아론 일행이 돌아왔다. 50여 명은 충분히 먹고도 남을 사슴과 멧돼지를 잡아왔다. 오랜만의 육식에 병사들과 기사들이 기뻐했다. 심지어 마법사조차 침을 흘렸다.

그렇게 삼 일의 시간이 지났다. 그리고 아론 일행과 열한 명의 기사와 세 명의 마법사가 동행해 빠르게 회색의 숲 중심부로 이동해 갔다. 아론은 아주 능숙하게 그들을 숲의 중심부로 이끌었다. 그러다 문득 그가 멈춰 섰다.

다들 긴장한 채 그를 바라봤다. 아론은 조심스럽게 움직여 어느 한 곳으로 향했다. 그의 뒤를 따르는 열여섯 명. 그러다 그들은 곧바로 인상을 찌푸릴 수밖에 없었다. 썩은 시체가 보였기 때문이다.

"이건……."

인간의 시체였다. 여기저기 조각난 플레이트 매일이나 무기 조각을 조합했을 때 기사임이 분명했다. 찢어진 레더 아머도 보였다.

"시베리아 제국군의 복장이군."

"……."

실로 처참한 모습이었다.

"저, 저기!"

그러다 누군가 허공을 가리켰다. 모두의 시선이 그 기사가 가리키는 허공으로 향했다.

"흡!"

몇몇의 기사들은 자신도 모르게 비명을 삼켰다. 나무 위에 고깃덩어리가 걸려 있었다. 가죽을 벗긴 인간이었다.

"누가 저런 잔인한 짓을……."

아론은 어디서 났는지 모를 단검을 던져 고깃덩어리를 매달고 있는 넝쿨을 잘라냈다. 수십의 시체가 바닥으로 떨어졌다.

투두두둑!

"우욱!"

누군가는 헛구역질을 해댔다.

눈이 뻥 뚫려져 있고 혀가 없었다. 또한 목울대마저도 사라져 있었다. 어떤 이는 심장이 통째로 뜯겨져 나갔고, 어떤 이는 뾰족한 꼬챙이나 말뚝에 꽂혀서 천천히 고통 속에서 죽어간 시체도 있었다.

"자, 잔인한……."

잔인했다. 잔인하고 또 잔인했다. 비위가 상해 헛구역질이 나고 머리가 어지러울 정도이다.

"경고로군."

"경고?"

"돌아가지 않으면 이처럼 죽이겠다는 경고. 그리고 과시지."

"대체 누가?"

"회색 오크."

"말도 안 돼!"

"왜지?"

"그건……."

"아직도 모르겠나? 우리가 생각하던 회색 오크가 아님을?"

"그건……."

"그걸 인정해야 한다. 그래야 이곳에서 살아나갈 수 있다."

"……."

프라우디르 백인대장은 말없이 온갖 날벌레가 꼬이고 있는 시체를 인상을 잔뜩 찌푸리며 바라봤다. 아론 역시 마찬가지였다. 그는 이미 백두산을 통해 각성했을 가능성에 대해 들었다.

하지만 듣는 것과 보는 것과는 천양지차였다. 그조차도 지금의 상황을 쉽게 인정하고 싶지 않았다.

'하지만 인정해야만 하겠지.'

그것이 옳다. 인정하면 진정한 적으로 인지하게 되고 훨씬 더 수월하게 전투를 수행할 수 있을 터였다.

"인정… 하지."

"좋아, 빠르게 이동한다."

"이동!"

짧고 간결한 프라우디르 백인대장의 목소리였다. 몇몇의 기사는 거죽이 벗겨진 채 시꺼멓게 썩어가고 있는 시베리아 제국의 기사로 여겨지는 시체들을 잠시 일별하고 망설이는 듯하더니 결국 빠르게 이동했다.

그런 시체는 이동하는 내내 곳곳에서 발견되고 있었다. 때로는 회색 오크의 시체도 보였고, 바질리스크, 고블린, 트롤의 사체까지 보였다. 하나 몬스터의 사체는 멀쩡한 반면 인간들의 시체는 그야말로 두 눈 뜨고 볼 수 없을 정도로 망가져 있었다.

그리고 기사들과 마법사들은 점점 확신하게 되었다. 회색 오크들의 지능은 인간의 지능과 같다는 것을 말이다. 어떻게 시베리아 제국의 병력이 회색의 숲 중앙에 보급기지를 만들었는지는 모르나 회색 오크는 잔인한 보복을 가하고 있었다.

'이건 학살이다.'

'어떻게……'

'잔인한 놈들……'

누구나 같은 생각이었다. 그들은 이를 갈아붙였다. 아론이 그들을 인도해 시베리아 제국이 구축한 회색의 숲 중앙 보급기지로 향할수록 그들의 감정은 더욱더 고조되기 시작했다. 그러다 보급기지가 보일 즈음 그들은 걸음을 멈출 수밖에 없었다.

심한 악취 때문이었다. 한 걸음 옮김에 그들은 절로 인상을 찌푸릴 수밖에 없었다. 수없이 많은 몬스터의 사체와 인간들의 시체가 여기저기 널브러져 썩어가고 있었다. 그러하니 인상을 찌푸릴 수밖에 없었다.

하지만 그것은 시작에 불과했다. 보급기지에 가까워질수록 그들은 인상을 더욱 찌푸릴 수밖에 없었고, 또다시 걸음을 멈춰야만 했다.

툭! 투둑!

조심스럽게 전진하던 기사의 얼굴 위로 무언가가 떨어졌다. 기사는 자신도 모르게 손으로 얼굴에 떨어진 것을 닦아내고 손바닥을 펼쳐보았다.

'피……'

그랬다. 피였다. 기사는 본능적으로 하늘을 바라봤고, 눈동자가 찢어질 듯 부릅떠지며 그 자리에 얼어붙었다. 비단 그 기사만이 아니었다. 시베리아 제국의 중앙 보급기지로 향하는 모든 이가 멈춰 섰다.

그들이 바라보는 허공에는 수십, 수백의 시체가 널려 있었다. 마치 나무줄기를 교수대로 삼은 양 말이다. 그 처참한 광경에 모두가 할 말을 잃어버렸다.

"대기!"

아론의 말에 다들 침중한 얼굴로 사방을 경계하기 시작했다. 나무줄기에 걸려 있는 시체를 내릴 생각조차 못하고 있었다. 아니, 내릴 수가 없었다. 아론은 곧바로 튼튼한 두 다리에 힘을 줬다.

'흐음, 이 냄새는……'

'깨어났군. 시체 썩는 냄새지.'

'그렇다면……'

'네가 예상한 것이 맞았다.'

'쯧. 항상 불길한 예감은 틀리는 법이 없지.'

'이로써 확실해졌군.'

'그래. 네가 세 개의 파편을 소유했고, 나머지 네 개의 파편 중 하나를 회색 오크가 소유했다는 말이겠지.'

'어떻게 해야 할까?'

'회수하거나 파괴해야겠지.'

'그 방법이……'

'찾아서 죽여야겠지.'

'가능할까?'

'이봐, 친구. 넌 세 개의 파편을 가졌어. 그리고 그 누구도 가지지 못한 지식을 가졌고.'

'하지만……'

'나약한 생각은 금물이지.'

'이제 괜찮은 건가?'

'아니. 회광반조라고 아나?'

'네가 전해준 기억 속에 존재하지. 그럼……'

'그래. 아마도 이후로는 내 목소리를 들을 수 없을 거야. 건투를 빌지.'

꽤나 쾌활해 보이는 백두산의 음성. 하지만 왠지 모르게 아론은 허전하기 그지없었다. 마치 심장 하나가 쑥 빠져나가는 것 같은, 정신을 멍하게 만드는 것이 있었다.

'이봐!'

'……'

대답이 없다. 그러면서 서서히 그의 존재감이 사라지기 시작했다. 은밀하게 움직이던 그의 움직임이 잠시 멈췄다. 그는 자신도 모르게 하늘을 바라봤다.

"갔나? 갔군."

지극히 단조로운 음성이었지만 그 음성에는 그 무엇과도 비견할 수 없는 슬픔과 아쉬움이 내재되어 있었다.

"고맙다는… 말을 못했군."

그는 크게 한숨을 내쉬고 다시 전방을 주시했다. 코를 찌르는 듯한 시취가 그를 훅 덮쳐왔다. 하지만 그는 망설이지 않고 보급기지로 이동했다. 그 순간 그의 신형은 이미 보급기지 안으로 들어와 있었다.

그의 곁에는 아무도 존재하지 않았기 때문에 굳이 숨길 필요가 없었다. 때문에 공간이동으로 기지 안으로 들어간 것이다. 그는 기지 안으로 들어서 주변을 조심스럽게 탐색했다.

10미터, 20미터, 40미터, 80미터…….

점점 그 영역을 확장해 가면서 살아 있는 생명을 찾았다. 그리고 미약한 생명력을 발견했고, 또다시 공간이동이 실현되었다.

"으으⋯⋯."

딱 한 명.

딱 한 명이 존재했다. 배에는 커다란 구멍이 뚫려 있고, 전신은 온통 피로 범벅인 상태로 언제 죽어도 이상하지 않을 모습이었다. 아론이 즉시 포션을 그의 입술에 흘려보내자 그가 본능적으로 포션을 핥았다.

"으으음, 누⋯ 군가?"

아주 짧은 시간 죽어가던 자가 정신을 차렸다. 확실히 상급의 생명력 포션은 대단한 효과가 있었다. 하나 단지 생명을 연장시켜 줄 뿐 이미 정해진 죽음에는 어쩔 수 없음을 알고 있었다.

"제이니스 제국 북부 방면 동부군 제1용병 만인대 특임 조장."

"흐음. 제이니스 제국이라니⋯ 아쉽군."

"정신이 드나?"

"뭘 먹였는지는 모르나 정신이 드는군. 나는 시베리아 제국 히스 크레아틴 백작이라고 한다."

"시간이 별로 없다."

아론의 말에 자신의 복부를 흘낏 바라보던 크레아틴 백작이 고개를 끄덕였다. 확실히 시간이 없기는 했다. 용병의 도움으로 생명을 연장시키기는 했지만 언제 죽어도 이상하지 않을 자신의 모습을 인지하고 있었다.

"누군가?"

"회색 오크의 대족장 카르 드렉타스."

"오크에게도 이름과 성이 있던가?"

"있더군. 시간이 없으니 들어."

"듣지."

"누군가 그들의 신물을 훔쳤다는군. 그 와중에 회색 오크 마을의 한 곳이 완전히 폐허가 되었고 말이지."

"그 보복이라는 건가?"

"전쟁을 선포하더군."

"전쟁?"

"이 땅에서 인간들을 몰아낼 것이라고 하며 이것은 경고라고 하더군. 후우욱!"

힘들었는지 길게 한숨을 내쉬는 크레아틴 백작.

"그들은 북으로 향했나?"

"그것까진 몰라."

"그렇군."

"날 죽여줄 수 있나? 쿨럭!"

"죽이는 것은 어렵지 않지."

"무슨 이유로 이곳에 들어오게 되었는지는 모르지만 빨리 복귀하는 것이 좋을 게야. 그놈들은 이 회색의 숲을 그들만의 왕국으로 삼을 생각 같았으니까."

"그것이 1차 목적이겠지."

"그래. 일단은 통합을 해야 전쟁을 치르든 뭐든 하겠지. 힘이… 없군. 그리고오……."

급격하게 힘을 잃어가는 크레아틴 백작. 무언가 말을 하려는 듯 고개를 돌리며 한 곳을 향한 채 싸늘하게 식어갔다. 아론은 크레아틴 백작이 바라본 곳을 뒤져 무언가를 찾아내 공간 이동을 했다.

부스럭!

사방을 경계하고 있던 정찰대 주변으로 아론이 모습을 드러냈다.

"어떻게 되었나?"

"전멸."

"그런……."

"후발대가 위험해."

"후발대라면……."

"회색 오크들은 회색의 숲을 일통하고 왕국을 세운다고 한다."

"왕… 국?"

"그런……."

"지금 이 상황은 그들이 우리에게 보내는 경고라고 했어.

내가 오크라면 강자들이 있는 이곳보다는 병사들만 있는 후발대를 공격하겠지."

"교활한……."

"그래, 그들은 고블린보다 교활하고 오거보다 무섭지."

그들은 대화를 하면서 빠르게 후방으로 이동하고 있었다. 10킬로미터의 거리라면 빠르게 간다면 후발대를 살릴 수 있을지도 몰랐다. 그들은 거친 숨을 몰아쉬며 이동했고, 후발대가 있는 지역에 도착했을 때는 진득한 피 냄새만이 그들을 반기고 있었다.

그에 아론은 물론이고 살아남은 모두가 인상을 잔뜩 찌푸리며 분노한 모습을 보였다.

"한 방 크게 먹었군."

아론은 무덤덤하게 입을 열었다.

"그게 무슨 말이유?"

"놈들은 지금 우리를 두고 몰이사냥을 하고 있는 것이다."

"몰이사냥?"

"그래. 이 어딘가에서 또 우리를 지켜보고 있겠지."

"그런……."

제라르와 얀센은 사방에 마나를 펼쳐보았다.

"그만. 힘 낭비일 뿐이다. 놈들은 이곳 회색의 숲의 모든 것을 지배하는 놈들이니까. 나뭇잎 하나, 풀잎 하나에도 그들의 손을 벗어날 수 없을 것이다."

"하면……."

"보여줘야지."

"뭘 말인가?"

어느새 프라우디르 백인대장이 가까이 와 있었다.

"우리가 그리 만만치 않은 상대라는 것을, 그리고 전쟁이 일어난다면 절대 쉽지 않을 것이라는 것을 말이야."

"그 말, 마음에 드는군."

이미 프라우디르 백인대장은 회색 오크들이 일반적인 오크와는 전혀 다르다는 것을 머리 깊숙한 곳에 각인하고 있었다. 지금까지 그들의 존재를 부정했기 때문에 당하기만 했다. 하지만 이제는 수는 여실히 줄었지만 누구보다 강한 자들만 살아남았고, 수동적인 것이 아닌 능동적으로 놈들에게 타격을 줄 수 있다는 것에 만족한 얼굴이었다.

그는 이미 이들이 살아 돌아갈 수 있을지 없을지는 별로 신경 쓰지 않는 것 같아 보였다. 비단 그뿐만이 아니었다. 여기 있는 모두가 그러했다. 죽어간 동료들에 대한 복수가 우선이 되어버렸다.

"흐으……."

제라르가 기이한 한숨을 토해냈다.

"준비는 됐지?"

"진즉에 끝났수."

"반격을 시작하지."

아론의 말에 그들의 눈빛이 반짝였다.

『용병들의 대지』 2권에 계속…

초대형 24시 만화방

신간 100%, 샤워실, 흡연실, 수면실(침대석), 커플석, 세탁기 완비

■ 강북 노원역점 ■

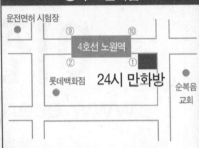

서울 노원구 상계동 340-6 노원역 1번 출구 앞 3층
02) 951-8324 (화용빌딩 3층)

■ 일산 정발산역점 ■

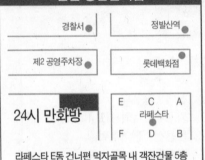

라페스타 E동 건너편 먹자골목 내 객잔건물 5층
031) 914-1957

■ 일산 화정역점 ■

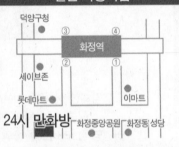

경기도 고양시 덕양구 화정동 984번지 서일빌딩 7층
031) 979-4874 (서일사우나 건물 7층)

■ 부천 역곡역점 ■

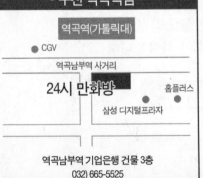

역곡남부역 기업은행 건물 3층
032) 665-5525

■ 부평역점 ■

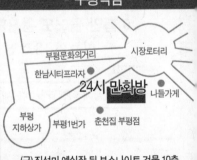

(구)진선미 예식장 뒤 보스나이트 건물 10층
032) 522-2871

MAJOR
LEAGUER

메이저리거
FUSION FANTASTIC STORY
강성곤 장편 소설

꿈꾸는 자에게 불가능은 없다!

『메이저리거』

불의의 사고로 접어야만 했던 야구 선수의 꿈.
모든 걸 포기한 채 평범한 삶을 살던
민우에게 일어난 기적

"갑자기 이게 무슨 일이지?"

그의 눈앞에 나타난 의미 모를 기호와 수치들.
그리고 눈에 띈 한 단어.
'타자(Batter)'

특별한 능력을 얻게 된 민우의
메이저리그 진출기가 시작된다!

Book Publishing CHUNGEORAM

만상조 新무협 판타지 소설

FANTASTIC ORIENTAL HEROES

광풍제월

천하제일이란 이름은 불변(不變)하지 않는다!

『광풍제월』

시천마(始天魔) 혁무원(赫撫源)에 의한 천마일통(天魔一統)!
그의 무시무시한 무공 앞에 구대문파는 멸문했고,
무림은 일통되었다.

"그는 너무나도 강했지.
그래서 우리는 패배했고, 이곳에 갇혔다."

천하제일이란 그림자에 가려져 있던 수많은 이인자들.

"만약……."
"이인자들의 무공을 한데로 모은다면 어떨까?"
"시천마, 그놈을 엿 먹일 수도 있을 거야."

이들의 뜻을 이어받은 소년, 소하.
그의 무림 진출기가 시작된다.

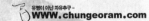

이민섭 新무협 판타지 소설

ORIENTAL HEROES

역천마신

逆天魔神

사술을 경계하라!

『 역천마신 』

소림의 인정을 받지 못한 비운의 제자 백문현.
무림맹과 마교의 음모로 무림 공적으로 몰린
그에게 찾아온 선택의 기회.

"사술, 이것을 받아들인다면 인세에 다시없을 악귀가 될 것이네."

복수를 위해 영혼을 걸고 시전한 사술이 이끈 곳은
제남의 망나니 단진천의 몸.

"무림맹 그리고 마교, 그 두 곳을 박살 낼 것이다."

이제 그의 행보에 전 무림이 긴장한다!

풍신서윤
風神 徐允

FANTASTIC ORIENTAL HEROES

강태훈 新무협 판타지 소설

2015년 대미를 장식할 무협 기대작!

『풍신서윤』

부모를 잃은 서윤에게 찾아온
권왕 신도장천과 구명지은의 연.
그러나 마교의 준동은
그 인연을 죽음으로 이끄는데……

"나는 권왕이었지만
너는 풍신(風神)이 되거라!"

권왕의 유언이 불러온 새로운 전설의 도래.
혼란스러운 세상을 정화하는 풍신의 질주가 시작된다!

Book Publishing CHUNGEORAM

박선우 장편소설
FUSION FANTASTIC STORY

멋진 *Wonderful*
人인생 *Life*

태어나며 손에 쥔 것이라고는 가난뿐.

그러나 내게는 온몸을 불사를 열정과
목숨처럼 소중한 사랑이 있었다.

『멋진 인생』

모두가 우러러보는 최고의 직장이자 가장 치열한 전쟁터,
천하그룹!

승진에 삶을 바친 야수들의 세계에서 우뚝 서게 되는
박강호의 치열하지만 낭만적인 이야기!

강준현 장편소설
FUSION FANTASTIC STORY

인생을 바꿔라

『복수의 길』, 『개척자』 강준현 작가의
2016년 신작!

자신이 무엇인지 알지 못하는 정신체, 염.
세상을 떠돌며 사람의 몸속으로 들어가
에너지를 얻고 나오길 반복하던 어느 날.

사고로 인한 하반신 마비, 애인의 이별 선언,
삶에 지쳐 자살하려는 김철의 몸에 들어가게 되는데……

"뭐, 뭐야! 아직도 못 벗어났단 말이야?"

새로운 삶을 살리라,
정처 없이 떠돌던 그의 인생 개척이 시작된다!

"어떤 삶인지 궁금하다고? 그럼 한번 따라와 봐."

궁극의 쉐프

가프 장편소설

FUSION FANTASTIC STORY

태초의 우물에서 찾은 사막의 기적.
사람의 식성과 식욕을 색으로 읽어내는 능력은
요리의 차원을 한 단계 드높인다.

『궁극의 쉐프』

요리란!
접시 위에 자신의 모든 것을 담아내는 것.

쉐프란!
그 요리에 자신의 가치를 증명하는 사람.

"요리 하나로 사람의 운명도 좌우할 수 있습니다."

혀를 위한 요리가 아닌, 마음을 돌보는 요리를 꿈꾸는
궁극의 쉐프 손장태의 여정이 시작된다!

철순 장편소설

FUSION FANTASTIC STORY

괴물 포식자

지구 곳곳에 나타난 차원의 균열.
그것은 인류에게 종말을 고하는 신호탄이었다.

『괴물 포식자』

괴물을 먹어치우며 성장한 지구 최강의 사내, 신혁돈.
그는 자신의 힘을 두려워한 인류에 의해
인류의 배신자라는 낙인이 찍히고 죽게 되는데…

[잠식이 100%에 달했습니다.]
[히든 피스! 잠들어 있던 피닉스의 심장이 깨어납니다.]

불사의 괴물, 피닉스의 심장은
신혁돈을 15년 전으로 회귀하게 한다.

**먹어라! 그리고 강해져라!
괴물 포식자 신혁돈의 전설이 시작된다!**

Book Publishing CHUNGEORAM

유행이 아닌 자유추구 -
WWW.chungeoram.com